『바닥을 높이는 연습』

2018.09~2020.02
2020.04~2020.06

전해리 씀

아직 자기 자신을
세상에 내놓지 못한
이들에게 이 책이
용기와 의지가 되길

Here's to the hearts that break.
Here's to the mess we make.

- 출판 서문 -

〈바닥을 높이는 연습〉은
2018년 9월부터 2020년 2월까지
쓴 글로,
갓 태어난 생명과 반짝반짝하는 반딧불이를 닮았다.
내가 이런 순수한 글을 썼구나
잊지 않고 싶다.

〈퍼러우리한 시간, 그대에게〉는
아빠가 한숨 쉬며 출근하는 소리를 들으며
차마 잠들 수 없는 새벽 속 나를
2020년 4월부터 두 달간 파착(把捉)한 글이다.

〈바닥을 높이는 연습〉이
글은 어떻게 탄생되는가 확인할 수 있다면
〈퍼러우리한 시간, 그대에게〉는
글은 왜 존재해야 하는가 인정할 수 있다.

- 차례 -

〈바닥을 높이는 연습〉

종이의 모퉁이에서
전해리 씀

2018년 9월 중 어느 날 시작하여
2020년 2월 13일 마무리

1.

문들이 늘어서 있다. 저 문들을 지나칠
때마다 나니아 연대기나 해리포터를
생각한다. 문을 열고 들어가면 새로운
세계가 날 반기지 않을까? 아니,
저 문들은 분명 내가 원하는 만큼
들어가고 나갈 수 있다고, 혹은 문은
결국 열린다고 약속된 거나 마찬가지라고
말하고 있는 것만 같다. 이름도 예쁘네,
문.

2.

드럼통이 있을 법하지 않은 곳에
드럼통이 있고, 심지어 민트색이다.
민트색은 우리나라 말도 아닌데,
누가 민트색으로 드럼통을 칠해 저곳에
툭 놓고 갔을까? 문득 어렸을 적 입은
민트색 민소매가 생각난다. 청 볼레로랑
같이 입었더랬지.

3.

비범해 보이는 나무 한 그루가 있었다.
수묵 담채화의 붓 선의 끝을 나무로
그린다면 저 모습이겠지, 볼 때마다
감탄했다. 소란스러운 이웃 나무를 두고도
보여주고 싶은 만큼만 가지에 잎을
달아 놨다. 곧게 필 필요가 없는 듯
춤추듯 팔을 뻗는 형상은 언제나
당당했다. 그런데 내가 잠시 한눈을 팔았는데,
그 나무는 이미 잘라져 밑동만 남겨져 있었다.
좋아하고 소중하게 여긴 것이 언제 없어진 줄도
모르고 나는 이번에도 바쁘기만 했다.
그 나무가 잘리는 순간을 목도했다 한들
난 덜 슬펐을까. 낯설어지는 이 동네를
떠나도 괜찮을 것 같다.

4.

태양이 조명을 끄면 관객은
자신을 편하게 해 줄 곳으로
돌아갈 궁리를 한다. 버스가
어서 날 데려다 주길 기다리던 중,
한 남자를 보았다. 볼품없는 회색이
인간의 모습을 한다면 저렇지 않을까.
정장…? 자켓은 본인의 체형보다
두 배는 컸는데 너무 벅차 보였다.
움푹 들어간 볼은 세상사에 찌들었어도
강인함이 느껴질 정도였다.

기다림이 길었는지 그는
품 속에서 크림빵을 꺼내
낙타의 등을 내보이며
와구와구 먹기 시작했다.
밤의 천막은 길어지고
인류가 만든 불빛의 스펙트럼이

켜지는 건 그를 위한
서막인 듯싶었다. 그러니까
저기, 저어기 나만 아는 영화가
상영되고 있었다.

버스에 오르기 전 영화의
미장센을 마지막으로 확인했다.
농담(濃淡)과 붓의 표현이
제법 강렬한 수묵화와 같았다.
괜찮은 단편 영화였다.

5.

어렸을 적 읽었던 신화 이야기가
어렴풋이 생각난다. 새벽의 여신 에오스는
어느 목동을 사랑했다. 너무 사랑해서
그가 자신과 같은 신처럼 젊은 모습으로
영원히 살면 좋겠다고 생각했다. 신들의 신
제우스에게 이렇게 부탁한다. "제가 사랑하는
사람이 영원히 살게 해주세요." 제우스는 소원을
들어준다. 에오스는 돌아가 목동과 행복한 시간을
보낸다.

그러던 어느 날 그의 얼굴에서 주름을 발견한다.
에오스는 그제야 자신의 실수를 깨닫는다.
"나이 들지 않고"라는 말을 잊은 것이다. 목동은
늙은 육체를 지닌 지 오랜 시간이 흘러도 죽을 수
없어 숨만 겨우 내뱉는 지경에 이른다. 에오스는
그를 매미로 만들고 "내 곁에서 영원히 노래
불러 달라"고 부탁한다.

사랑을 하기 위해선

당사자와 대상자가 같은 시간을 공유해야 한다.

같은 공간에 있지 않아도 괜찮다.

자신의 시간에 당신이 함께 있어야 한다.

시간의 교집합이 없어지면 사랑도 끊긴다.

에오스는 그렇게 사랑하는 이의 실제적 형상을

내려 놓는다. 사랑한다 해서 그 모습 그대로 지켜가며

사랑할 수 없다. 나의 사랑과 별개로, 시간이 흐르면

당신의 대상은 지금의 시간과 어긋난다. 사랑은 이렇게

영원해지고 내가 사랑한 대상은 책장 속에 고이 잠든다.

그래서 어느 사랑은 슬프다.

6.

개성 넘치고 멋들어지게 차려 입은
나이 든 여성들, 특히 젊은이들은 감히
떠올릴 수도 없는 스타일을 갖춘 채
허리를 곧게 펴고 화려해 보이는 건물 안으로
들어가던 노부인을 길가에서 볼 때마다
난 언제나 우리 외할머니를 떠올리지
않을 수 없었다.

가끔 뜬금없이 예쁜 옷 사 입으라며
손녀의 손에 용돈을 쥐여 주는 할머니는
엄마와 할아버지가 때때로 답답하게
느끼실 만큼 스스로를 치장하는 데 관심이
없으시다. 그뿐이랴, 맛있는 음식을 먹을 때는
5분마다 자식들과 손주들에게 '이것 좀 더
먹어라', '왜 더 많이 먹질 않느냐'고 권하는
걸 도무지 멈추지 않으신다.

지금보다 더 철이 없었을 때 나는
이런 할머니가 답답했다. 왜 자기 자신을
먼저 챙기지 않으실까.

질 좋은 코트를 입고 구두를 신고 예쁘게 머리를
틀어 올린 채 출근하는 할머니들도 충분히
존경스러웠다. 하지만 나는, 얼마 전에 엄마
손에 나태주 시인의 시가 적힌 소품을 기어이 달려 보낸
할머니를 존경하고 사랑한다. 할머니의 사랑이야말로
이 세상을 기꺼이 살아낼 수 있는 태도라는 걸
최근에야 깨달았다.

얼마 전에 행복이 무엇이냐고 질문을
받았다. 나는 사랑하지 않는 것도, 아니,
사랑할 수 없는 것도 기꺼이 사랑하는
마음이라고 답했다. 그런데 만약 그보다
더 나아가 사랑이 뭐냐는 질문을 받는다면
내 것을 아낌없이 주는 할머니의 마음이라고
말할 것 같다.

할머니는 꽃이 아니라 꽃을 피워낸
태양이라 생각했던 나는
그 소품 위에 적힌 시를 읽고
할머니는 이미 꽃이며 꽃다운 인생을
살고 계신다는 것을 알았다.
할머니, 건강하게 오래오래 같이 있어요.

7.

어느 날, 엄마에게 물었다.
"엄마, 저 아이 물 줘야 할 것 같아."
엄마는 화분 쪽으로 고개를 돌려
쓱 쳐다보더니 이내 하는 말이
"줘도 되는데 굳이 안 줘도 돼."

그러자 내가 다급해져서 하는 말이
"그렇게 안 주다가
죽으면 어떡해. 불쌍하잖아. 여기가
좋은 환경도 아닌데 미안하잖아."
내가 이렇게 혼자 파닥파닥거려도
엄마 혼자 침착하게 하는 말이

"저렇게 보기엔 메말라 보이잖아.
그런데 나무 젓가락을 그 속으로
넣어 보면 촉촉해. 물이 부족해
보이는 건 네 생각이고. 식물들이

목말라 보인다고 물 계속 주면
물이 너무 많아서 죽어.

과유불급이야. 자기가 갖고 있는
물로 다 자기가 알아서 살아내.
물이 너무 많지 않아도 돼. 적당량을
자기들도 알아. 쟤 잘 보면 그 와중에도
꽃 피웠어. 저 흙 속에서 물이 알아서
잘 돌아다니는 거야. 걱정 안 해도 돼.

엄마가 때 되면 알아서 줄 테니까."
후다닥 가서 살펴보니 정말로 꽃기린이
피어 있다. 내가 자연의 이치에
이렇게나 과문(寡聞)했다. 그나저나
맨날 엄마 혼자 다 알고!

8.

엄마는 가끔
자신이 키우는 반려 식물을
가지치기한다. '가지'치기라 하기엔
'줄기'치기에 가깝지만 말이다.
그런데 나는 그렇게 하면
식물이 아프지 않을까 은근히
걱정이 되어 엄마를 나무랐다.
"그냥 냅둬. 굳이 안 잘라도 되잖아."
엄마는 태연스레 말한다.
"이렇게 해야 예쁘게 자라지."

"지금도 충분히 예뻐"
"더 예쁘게 자라라고
아무렇게 자란 거
쳐내주는 거야."
"그렇게 했는데도
계속 아무렇게

자라면 어떡해?"
"이렇게 잘라내면서
자라는 방향을 알려 주면
자기가 어떻게 예쁘게
자랄지 알아."
우리 집 반려 식물들은
무탈하고 예쁘게 잘
자라고 있다, 덕분에.

9.

추억은 죽은 낙엽이라고 생각한 적이 있었다.
생명력이 없어 이로움도 없으니 쓸어다 버렸다.
그땐 소중한 게 뭔지 몰랐다.

옆 동네는 내가 말을 한 마디 두어 마디
배울 때 살던 곳. 그곳엔 세상의 온기가
떨어질 즈음 모습을 드러내는 부부가 있다.
따뜻한 것들을 구워 팔며 세상에 온기를
더하는 그들은 언제나 고요히 그 자리를
지켰다. 그리고 나는 자라며 그곳을
보지 않고 지나쳤다.

나그네의 행색으로 이곳저곳 떠돌 때
외로움이 파고 들면 성냥개비를 켜고 싶었다.
그런데 헨젤과 그레텔처럼 어디엔가
성냥개비를 떨어뜨려서 나에게 온기를
줄 수 있는 건 남지 않았다. 그렇게 낯설고

새로운 곳에서 지루하고 익숙한 곳으로 돌아왔다,
다시. 계절은 마침 겨울이었다.

허전한 성취를 안고 돌아온 난 어린 날 살던
동네를 종종 다녔다. 그리고 그때마다 그 시절의
그 부부가 여전히 같은 자리에서 온기를 품은 것들을
팔고 있었다. 그제야 내 마음 속엔 추억이 들어섰고
내 시선은 추억을 찾아냈다.

추억은 간직하는 사물이 아니구나.
내가 손에 쥐고 싶다 해서 쥘 수 없구나.
어느 가수의 노랫말처럼 거기 반짝 살아 있구나.
집으로 돌아가면서 뒤를 돌아봤다.
추억은 도망가지 않아, 얼마든지 떠올릴 수 있어.
그분들은 거기 계셨고, 난 따뜻해진 마음을
안고 다시 앞을 바라보고 갔다.

:: 이 글을
20년이 넘게 한자리를 지키며
언제나 맛있는 땅콩과자를 구워 내시는
부부께 바칩니다.
따뜻한 눈맞춤과 인자한 덤을 아끼지 않는
두 분 덕분에 품 안이 시린 적이 없었어요.
어릴 적부터 지금까지 고맙습니다.
많이 배웠습니다. ::

10.

약간 독특한 강박을 갖고 있었다.
한 해의 마지막 날은 평소와
달라야 한다고 말이다. 그런데
나의 기대와 달리 스무 살 이전까지의
거의 모든 마지막 날을 집에서 가족과
TV를 보며 보냈다. 실망감 속 새해를
출발하는 것 같았다.

그래서 스무 살이 넘어서는
낯선 외국인들의 틈바구니 같은
하버브릿지에서 불꽃놀이도 보고,
친구 집으로 향하는 조용한 지하철에서
열두 시를 넘겨 보기도 했다. 내 소원대로
특별했으나 외로웠다.

평범함이 뭘까. 일상이겠지.
그리고 반복된 삶이 잘못이 아니라

그 속에서 특별함을 찾지 못한
어리석음이 그간의 마지막 날을
낮잡아 본 거겠지. 어떻게 보면
하루가 주어지고 지나가는 건
매번 같았는데 말이다.

그래서 이번 새해는
가족과 집에서 가만히 보냈다.
매일 하루가 주어져도 그 하루도
결국 다시 돌아오지 않을 마지막이기
때문이다. 평범한 특별함이
아니라 특별한 평범함을 지키는
마지막 날을 보낸다.

내일 찾아올 또 다른 하루엔
난 어떤 특별함을
만들고 찾고 지켜 나갈까.
당신이 지켜야 할
특별한 평범함은 무엇인가요,
질문을 잊지 않으면 누구든

잘 살아갈 수 있지 않을까.

11.

흐릿하거나 깜깜한 시야 속에
살았던 며칠 동안, 신체적 제약으로 인해
읽고 보고 쓰는 데서 오는 배움의 시각이
차단되자 빛 없는 동굴에서 사는 느낌을
감히 예상해 보기도 했다.

나라는 사람의 정체성을 이루는
어떤 행동도 하지 못하니
갑갑한 속에 시간을 텁텁하게 흘려 보내며,
난 세간을 향한 배움과 마음을 표현하는 창작이
없으면 아무것도 아닌 사람인가 싶었다.

스스로를 너무 인식하면 도리어
괴로울 수 있다는 말을 자연스레 이해했다.

평소라면 하지 않았을 것들,
이를 테면 실눈을 뜨고 글씨를 쓴다거나

자세를 바르게 하고 오로지
청각만 열어둔 채 고이 앉아 있는다거나,
총체적 감각을 동원하는 것이 아닌
한 가지 감각에 의지해 보면서

집중의 균형과 균형의 집중을
떠올렸다. 혹은 개인이 감히 통제할 수 없는
미디어에서 비롯된 시각적 피로와 소란이
개인의 소중한 한순간을 어지럽히도록
잠자코 목도하기만 하는 것이 옳은 일일지
생각했다.

12.

꿈을 왜 꿈이라고 할까, 짜증나게.
꿈을 꾸고 나면 현실을 만나고,
이 자체에 피로가 몰려오는 것처럼,
의외로 꿈을 꾸는 순간은 간단하고
우린 꿈을 이루고 싶다는 열망에
눈이 멀어 꿈을 꾸고 난 후
현실에 대비해야 한다는 걸 모른다.
즉 꿈을 이룬다고 해서 행복한 건
아니다. 현실을 살아가는 게
우리 몫이고, 사는 건 번거롭기
때문이다.

그래서 '이룰 수 있을까',
'이룬 다음엔 어떡하지?' 등
발을 동동 구르며 꿈을 꾸는
특권이 주는 달콤함에 취하기
싫어졌다. 난 정말 많은 꿈을

꿨고, 좌절했고, 꿈을 이룰 문턱도
가봤고, 드물게나마 성공한 적도 있다.
꿈을 위해 노력을 한 게 전부라서
그 꿈이 안 이뤄지거나 이룬 후에도
피곤하면 허무함의 파도가 나를
실어갔다.

날 지나쳐 갔던 꿈들이
이뤄놓은 파도에 몸을 맡겼더니
몸이 가벼웠다. 파도의 결을
쓰다듬고 난 이런 생각을 만났다:
'내가 이 꿈을 사랑하긴 했나?'
전혀. 난 그냥 미쳤던 거다.
이성과 평정심을 놓친 채 미쳤다.
더 이상 꿈 따위 꾸기 싫어졌다.

그냥 지금 내가 할 수 있는 것만
하고 살련다. 현재, 현실만 안을래.
내가 행복할 수 있는 기회가 오면
그 기회 잡아서 떳떳하게 행복해야지.

결국 난 아무것도 되고 싶지 않았던 거야.

아, 그럼 앞으로도 아무것도 안 될래.

내 이름 앞에 수식구만 붙여야지.

그렇다면 모든 걸 할 수 있지 않을까.

오늘은 연극이 끝나는 날이었고,

16년이란 세월 동안 날 비춘

연극 조명의 개수는 비로소 0이 되었다.

다 지겹고 짜증나니까 웃어 버려야지.

13.

김영하 작가는 문학이란
'난데없는 곳으로 날아가 비로소
제대로 꽂히는 것'*이라고 썼다.
난 이 문장을 읽고
영화 '500일의 썸머'를 떠올렸다.
보통 이 영화는 사랑에 관한 이야기로
인식되지만, 난 김영하 작가의 문장을
읽고 이 영화를 다르게 바라보았다.

톰은 썸머를 운명이라 여겼다.
그러나 그의 자신만만한 예감은
보기 좋게 빗나갔다. 썸머는
다른 남자와 행복하게 결혼했다.
톰은 건축가가 되는 길에 오르고
어텀이란 여자를 만나게 된다.
난 인생이란 운명이라 생각했던
사람이 아니라 전혀 예상치 못했던

*다음 책의 작품 해설 참조: F. 스콧 피츠제럴드. 소설 위대한 개츠비 (세계문학전집 007). 김영하 옮김. 문학동네.
2022. 238쪽

엉뚱한 사람과 결혼하는 것과
같지 않을까 생각했다.

썸머가 운명이든
어텀이 운명이든
나의 예측과 전혀 다르게
흘러가도 지금이라는 결과에
만족할 수도 있다는 게
내가 인생이란 바다에서
건져 올린 수확물이다.

이건 마치 꽃이 필 것 같지
않은 곳에서 꽃이 피고, 그 꽃이
주변의 만물과 원래 그런 것처럼
어우러지는 것과 같다. 그게
우연이든 운명이든 간에
핀 꽃은 꽃인 거다.

14.

"할머니는 엄마랑 통화할 때
'말하자면'이란 표현을 자주 써."
"난 한 번도 들어본 적 없는데?"
내가 반문하자 엄마는 이렇게 말했다.
"엄마랑 통화할 때만 그러시나 봐."
이걸 들은 난 찬 바람이
무수히 불고 난 뒤 봄바람이
뜻밖에 스쳐 화들짝 놀라는 듯한
기분이 들었다.

그러고는 무심코 어느 영화 속 대사를
떠올렸다, 정확하진 않아도.
'난 그 사람을 알 수 있을 때
그 사람을 사랑하는 것 같아.'
사랑은 곧 미지의 세계였다.
사랑하는 이에 대해 하나씩
알아갈 때마다 사랑하는 시간은

늘어간다. 사랑은 비로소 순간을
넘어선다, '나'만 아는 '당신'이 될 때.

'사랑은 어떻게 해야
깊어질 수 있을까' 고민하던 나는
'얼마나 더 오래 사랑할 수 있을지'
사랑하는 이를 어제보다 오늘
더 많은 시간을 들여 바라본다.
엄마와 할머니의 대화는
사랑하는 시간이 더 늘어나는 순간이었다.

모든 걸 쉽게 사랑하고
쉽게 싫어하는 시대에
'사랑은 어떻게 해야
깊어질 수 있을까' 고민하던 나는 이제
'얼마나 더 오래 사랑할 수 있을지'
고찰한다. 어제보다 오늘 더 많은 시간
사랑하는 이를 바라본다.
엄마와 할머니의 대화는
사랑하는 시간이 더 늘어나던

'영원'이었다.

15.

가짜로 하는 건 없애야 해.
애달픈 영화 속 이 대사는
현실 세계에서 여전히 힘이 없다.
옛 초등학교와 중학교와 고등학교의
둥그렇고 드넓은 운동장의 절반을
신식 건물이 차지하고
그 둘레는 웬 철 울타리가
느닷없이 나와 너를 가른다.
뭐든 쉽게 생겨 버리고
덕분에 시야는 자꾸 위로 향한다.

봄님이 언제 이렇게
왔느냐고 내내 중얼거리다가
난생 처음 봄이 걷고 있는 걸
지켜 보자니 그 속도가 새삼
느려 터지기 짝이 없구나.
그 와중에 제 속도에 맞춰 온

가여운 것들은 뒤엉킨 시간 때문에
생기를 잃고, 난 그마저도
자본주의의 물건들을 가리지 않고서는
볼 수 없다.

잠 못 이루는 걸
낭만이라 감싸는 시대에
밤 본연의 색은 바래진 지
오래라서, 숨 쉬는 작은 것은
잠 못 이루고, 난 그조차도
잘못 물들여진 색과 빛을 통해
잘못 본다. 솔직하면 쉬워지는데.
그것뿐이 없는데.

16.

약간 오래 전, 한창 일본어 공부를
할 때 일본 드라마를 나름, 좀 봤다.
그때는 대수롭지 않게 넘겼는데
요즘따라 마음에 와닿는 대사가 하나
있다. 이것도 정확하게 기억은 안 나지만,
말의 요지는 곧 이 한 마디로 정리된다.
"어른이 되려면 건강하게 먹고,
꼬박꼬박 잘 자고, 자기 할일을
해야 해요."

살얼음처럼 얇고 안개처럼 옅은
잠을 자고, 물만 먹어도 까딱하면
체하고, 날 향수처럼 쓰다 버린
사람들에게 알다가도 모를 쓴 맛을
느끼고, 한번 내딛으면 돌이킬 수 없는
걸음을 앞두고 마음 하나 다잡지 못하는
요즘, 가끔은 꼭 살아 제끼는 기분으로

사는 것 같다. 아니, 정말로 다
유치하고 치사하고 같잖잖아.

무슨 기분이 들어서인지 몰라도,
마을의 봄나무라고 해석하고 싶은
이름을 가진 자의 '노르웨이의 숲'을
한 달 만에 다섯 번이나 정독했다.
아마 와타나베에게 '위대한 개츠비'가
그랬듯이, 나 또한 읽으면 읽을수록
재미있는 부분이 늘어나기 때문일 거다.
그중 날 사로잡은 건 오이를 묘사한
부분. 오늘내일 하시는 미도리 아버지
앞에서 와타나베는 오이(キュウリ)를
어지간히도 맛있게 먹고 이렇게
말한다.

"심플하고 신선하면서 생명의 향이 살아 있어요."*
그를 보고 미도리의 아버지가
오이를 먹은 것처럼, 나도
이 책을 읽고 오이를 먹는다.

일부러 아삭아삭 소리 내며
그 소리에 집중한다.
진짜 그러네. 신기해.

살아 숨쉬는 글을 어떻게
쓰는 거래. 부럽다.
오이를 먹다가 꼭 드는 감상평.
오이를 다 먹으면 이 말도 생각난다.
"음식이 맛있다는 건 좋은 거죠.
살아있다는 증거나 다름없으니까요."**
이런 말은 어떻게 생각해내는 건가
싶다가, 묘한 위안이 든다.
맛있게 먹은 것뿐인데 잘 살아있다고
칭찬받는 것 같다. 그리고 다시
잘 먹어야 어른이라던 대사를 떠올린다.

아, 잘 먹어야 힘이 나고
그 힘으로 잘 살아내면
나도 조금은 어른이 되겠구나.
입맛이 돋는 걸 보니 나

*・**무라카미 하루키(村上春樹). 소설 노르웨이의 숲(ノルウェイの森) 下. 講談社. 2019. 92쪽

살아 있구나. 맞아, 살아 있으면
다 할 수 있어. 생명의
생명력이 이렇게 좋은 거야.
계속 살아가면 뭔가를
해내고 있겠지. 그러니까 오늘도
잘 먹자.

17.

봄은 볕을 말리는 어부.
밤 사이 밤의 골짜기에서
별을 따다 산의 발등에
얹으면 해가 모서리 하나
하나 어루만져 주었더래요.
봄의 밤낮은 어부가 말린 별로
빛나고 사람은 밤낮으로 봄빛 꿈을
꾸더래요.

18.

작년에 어지간히도 듣던
봄에 관한 노래를 올해 들어
오늘 처음 들었다. 그러고 보니
이 노래가 있었지. 나로선
소스라치게 놀랄 만한 일이었다.

사실 난 뭔가 아닌 것 같은
느낌이 들면 가차없이 버린다,
얼마나 아꼈든 상관없이.
언젠가부터 '아깝다'는 느낌은
사치스러웠다. 실용주의자 면모는
올해 1/3분기에 무자비하게 발휘됐다.

영감이라는 명목하에 망설임없이
저장했던 사진과 글귀, 기사, 심지어
나의 메모까지 서슴없이 삭제했다.
책을 파는 건 약과였다. 소장했던

모자의 2/3가량 팔았다. 난 어떤
시각에선 모자가 어울리는 사람이 아니었다.
수년간 저장된 여러 곡들도 질색하며
지웠다. 이건 왜 좋아한 거야? 의심스럽기
그지없었다.

좋아한다는 건 덧없다. 무상하다.
그것들이 날 구성한다고 믿었는데
이젠 날라가 버렸다. 아니, 날려 버렸다.
믿음은 불확실함과의 싸움이다.
그것들을 떠나보내며 난 이 감정을
묘사할 어떤 말도 생각해내지 못했다.

좋아하는 영화의 포스터에 있는
글귀가 자꾸 무슨 뻐꾸기 시계에서
정각마다 뻐꾸기 튀어나오듯이
생각난다. '내가 알던 것들은
모두 어디로 갔을까?'* 몰라, 나도.

그러나 상실과 상관없이, 그 어느 때보다

자유롭다. 적당한 때가 되면
꽃잎은 떨어져야 한다는 게
이런 건가 싶다. 그러고 보니 새로
갖고 싶은 것이 있다. 아직 파보지
못한 마음이 있다. 이끌어 내고픈
속이 있다.

한 배우가 다른 류의 배우에게
했다는 조언: 골프 폼을 고치려면
한동안, 그러니까 기존의 골프 폼이
잊히기 전까지 골프를 치면 안 된다.
그 류의 배우는 이를 듣고 리셋하고
파리로 떠났다.

그 영화의 또 다른 포스터엔
이런 말이 쓰여 있다: '지금껏
잘 살아왔고 앞으로도 잘
살아갈 거에요.'** 새가 날기
위해선 애초에 날개밖에
없었다는 걸 찾아낸다.

***영화 포스터 구절─ 감독 미아 한센 러브(Mia Hansen-Love). 영화 *다가오는 것들*(*Things to Come*). 제작 Arte France Cinéma, CG Cinéma, Detail Film, Rhône-Alpes Cinéma. 배급 찬란. 2016

잃는다는 건 어쩌면
날개를 다는 일일지도 모르겠다.
어디로 가든 새로운 '나'로 향하든.
곧 죽어도 잊지 않으려고 노력하는 것도
스스로에게 제약을 거는 일과
마찬가지일 수 있겠다.

19.

사방이 온통 깜깜하다는 말로도
부족한 깊은 바다 속을 유영하는 건
어떤 기분일까. 내가 알던
파란색이 검은색으로 변하는 과정을
그대로 통과한 다음, 분명 눈을 뜨고
있는데도 보이는 건 검정색뿐이라면
어떤 느낌이 들까.

예전의 나라면 무서울 것 같다고
하겠지. 그런데 지금 난
그 기분과 느낌을 감히 짐작해 본다.
우선은 편안하고 다음은
황홀하기 그지없겠지. 물 속이겠지만
따뜻할 것도 같다.

얼마 전의 라섹 수술 후 이어졌던
단기간의 정기 검진을 마치면서

의사 선생님은 눈 상태가 정말 좋다며
날 안심시키고 가히 획기적인 말씀을
이어 가셨다.

"다 좋은데, 가성근시가 생기지
않도록 꾸준히 주의해야 해요."
"가성근시요?"
"자꾸 짧은 거리의 사물만
보면 멀리 있는 걸 못 보게 돼요.
책 보다가 스마트폰 보고 TV 보죠?
눈 쉬게 한다고 그렇게 하는 사람
많은데, 그렇게 하는 건 눈을
쉬게 하지 않아요."

"눈을 쉴 때는 멀리 봐야 해요.
멀리 봐요, 멀리. 그렇게 눈을
자주 쉬게 해줘요."
지침을 받은 난 나름대로 멀리
보려고 하지만, 내 의지와
상관없이 세상 속 대부분의 사물과

건물은 다닥다닥 붙어 있는 수준이라
멀리 볼 게 없었다.

그래서 난 새벽에 창문
블라인드를 올리고 창문을 활짝 열어
밖을 본다. 밖은 무심하게 깜깜하다.
예전 같으면 귀신 나온다고
어둠을 얼른 가려 버렸다.
그런데 지금은 낮엔 멀리 볼 게 없어
밤에 어둠을 본다.

나의 바다, 나의 심연이
여기 있구나. 밤 공기에서
새벽 공기로 넘어가는 흐름을
스쳐 보내며, 정다운 어둠을
마주한다. 어머니의 자궁,
책상 아래처럼 포근하고,
어둠의 끝이 없음은 황홀하다.

그 옛날 어둠 속에 귀신이

나타날까 두려웠던 마음은
나의 나약함 혹은,
나약해질 가능성에 바들바들
겁내고 무서워했던 마음이겠구나.
괜찮아. 괜찮아. 괜찮아.

20.

라섹 수술 후의 경과를
확인받고 집으로 돌아올 때마다
신기하다고 생각한다.
난 '초점이 흔들린다', '잘
보인다'와 같은 매우 원시적인
감상밖에 못 해서 그게
내심 불안하다. 안경이고 렌즈고
다신 끼고 싶지 않다.

노심초사 시력 검사를 하고
의사 선생님께 검진을 받을 때
조마조마하다. 선생님은 내 눈에
뭔가를 대고 들여다본다. 라섹 수술
전에 난시가 심했어서 표면이 매끄럽지
않다고 한다. 나는 이걸 못 보는데
선생님은 볼 수 있는 게 신기하고,
선생님 눈엔 이게 보이는데

내 눈엔 보이지 않는 것이 신기하다.

이게 바로 전문가의 능력이고
전문의 영역이라는 거겠지. 어떤 것에 대해
남의 눈은 잡아내지 못하지만
내 눈은 잡아낼 수 있거나
내 눈엔 보이는 것.
나만 아는 것. 오로지 나만.

21.

흔히들 어떤 일을 후회하면
그 일을 되돌이키고 싶다거나
그 일이 생기기 전으로 돌아가고 싶다고
한다. 그런데 우린 시간 여행을
할 능력도 없고, 설사 돌아간다 한들
그보다 더 안 좋은 일이 생길지
누가 아나. 우리가 어떤 일에 대해
후회하지 않는 법은

절대로 되돌리고 싶지 않은
행복한 일을 기억하는 것이다.
우연과 인연이 과거로 편입되면
필연이 된다. 가령, 어떤 일이
원망스러워서 지워버리고 싶다고 치자.
그 일을 지우면 그 시간이 지난 뒤 일어난
행복한 추억도 사라진다.
즉, 그 일이 있었기에 이 일이 생긴 것이다.

지금 당장 나에게
일어난 일에 대해 좋고 나쁨에
관한 판단을 섣불리 내리지 마라.
어떤 일의 좋고 나쁨은 죽기 직전에야
깨달을 수 있는 법. 불행이라 여겼던
일이 없었다면 지금 행복이라 부를 일도
부재하니, 그 어떤 일도 후회 말고
나를 위한 필연이었다고 생각하길.

그럼에도
후회가 된다면, 절대적으로
행복했던 일을 떠올리길.
그럼 절대 후회할 수 없으니.

22.

한 영화 평론가는 영화 속 모든 요소에
일일이 의미를 부여하는 건 그다지 좋지 않은
해석법이라 말했다. 그의 요지는 곧 서사의
논리를 완성하기 위해 영화적 요소 전부가
필요하지 않다는 것 아닐까. 바꿔 말해,
영화를 촘촘하게 이루는 모든 요소는 결국
영화의 비논리성을 의미하는 걸지도 모른다.
만약 그러하다면 영화와 마찬가지인
우리의 인생도 논리적이지 않다.

우린 각자 인생에 주어진 주제가
무엇인지 모른 채 살아가는데, 인생은
우리가 이토록 애쓰며 살아가는 걸
모르는 척하는 것처럼 매번 전혀
예상할 수 없었던 당혹스럽고 뜬금없는,
심지어 나와 도대체 무슨 상관인지
모를 일들을 삶 속에 태연하게

집어넣는다.

그런데 막상 그 일이 발생하면
처리하기 급급해지고, 인간이 참
대단한 게 어떻게 또 무사히
마무리 짓는다. 이런 방식으로 살다가
어느 순간 앞으로 가는 걸 멈춘다.
내가 의도한 바와 다르게 내 인생이
왜 이렇게 되어 버렸지? 예측 불가능했던
모든 일들은 우리 인생을 비논리적으로
만들어 버렸다.

■■■■ ■■ ■■■■.'
■■ ■ ■■■■■.''

어디로 가야 할지 모를 때
앞을 보며 걷기를 잠시 멈추고,
좋고 나쁨, 옳고 그름, 말이 되고 안 됨을
떠나 나에게 일어났던 일들을
되짚고 그중에서 의미를 찾아
내 삶의 서사를 해석해야 한다.

해석이 마침내 되면
내 인생의 논리를 이룰
다음도 자연스레 알겠지.
해석하면 그땐 다음으로
가겠지. 점점 주제에
다가갈 거야.

:: ■표시가 있는 문단은 출판을 위한 편집 과정을 거치며
애석하게도 실을 수 없게 되었습니다.
아예 삭제하거나 수정하기에는
일필휘지라는 이 글의 특성과 예술상 의의,
그리고 이 문단에 대한 작가의 애정이 있기에
차마 지우지 못하고 ■를 표시하여 공란으로 남겨둡니다.
독자 분께는 이 문단이 보이지 않겠지만
제 눈에는 이 문단이 언제나 보일 겁니다.
따라서 독자 여러분께 너른 이해와 존중으로
이 글을 숙독해주시길 청합니다. ::

23.

어느 날, 이런 말을 보았다.
원망을 하는 게 무슨 의미가 있냐고.
내가 좀 되묻고 싶다.
의미가 왜 없냐고.
당신은 쏟아지는 비를 어떻게
막을 거냐고. 고로, 누군가에 대한
원망을 그치는 방법은 없다.
그저 멈추길 기다릴 뿐.

자연 현상에 억지스러운 계기가
없듯이, 누군가에 대한 원망도
제 스스로 잦아 들었다.
맑게 갠 마음이 질문한다.
지금도 원망하느냐고.

그전에 깨끗한 하늘에 떠 있는
해가 공평하게 비추는 햇빛을 본다.

그 다음에 난 모르겠다고 답한다.
그보다는 난 원망하는 걸
내 힘으로 막을 수 없었고,
덕분에 내키지 않던 선택을
해야 했음이 분명했다고 말한다.

그리고 시간은 영영 되돌릴 수 없다는 것도
내가 아닌 다른 사람을 우선으로 둔 선택을
책임지면서 깨달았다고.
그게 너무 아쉬웠다.
그렇게 하게 만든 누군가가 미웠다.
원망은 자연스러울 수밖에 없었다.

하지만 덕분에, 나 자신이 아닌
다른 이를 위한 선택을 해 본 자만이
자신을 위한 선택이 무엇인지
뼈저리게 알 수 있다는 걸
마음이 미어지도록 깨달았다.

햇빛만으론 굳은 땅 속의

씨앗을 움트게 할 수 없다.
세차게 내리는 비는
의심할 여지없이 필연적이었다.

그럼 이제 적당하게
시원한 바람이 불면
좋을 텐데.
바람이 필요한데.

계획을 세우고 사는 건
알람을 맞추고 자는 것과 같다.
알람은 인간의 정신과 육체를 긴장시킨다.
그래서 인간은 편안하고도 깊은 잠에 들 수 없다.
시간이 되면 알람에 맞춰 일어나야 하므로
온 신경은 쉴 때 쉬지 못하고 알람에 집중된다.
그러나 알람은 지금 울리지 않고 곧 다가올
미래에 울린다.
따라서 알람은 아니, 계획은
인간을 현재에 살지 못하게 한다.

24.

난 이십 대라는 젊은 축에 속하지만
유튜브 세대는 아니다. 좀 더 정확하자면,
컴퓨터 좀 배우려고 했더니 어제 받은
플로피 디스크 대신 오늘 받은 CD를 쓰라는
선생님 말씀을 들은 세대다. 더 단순하게
표현하면 플로피 디스크를 쓰자마자 바로
CD로 갈아타게 된 세대다. 난 아날로그와
디지털의 교집합에서 자랐고, 이것은 더없는
행운이다.

만화 영화 '캔디 캔디'와 '둘리'를 알고
'닌텐도'로 놀아도 봤다. 시골에서도
살아 본 덕분에 소독차도 쫓아가 봤다.
학교 앞 띠기도 안다. 그래서 굉장한
최첨단 속에 사는 유튜브 세대 아이들을
볼 때마다 마음이 이상해진다.
좋은 점도 있겠지, 물론. 그런데 로봇과

스마트폰을 뺏으면 놀 줄 모르는 아이들을
간혹 볼 때면 머리가 갸우뚱해진다.

나의 외삼촌은 재밌는 분이시다.
어릴 적 사촌 언니와 외삼촌과 함께면
지루할 틈을 몰랐다. 외삼촌은 웬 잎으로
배를 만들고 사촌 언니는 구슬치기와
줄넘기 시합, 숨바꼭질을 가뿐히 이겼다.
길거리에 그냥 서 있어도 즐거운 법을
알았다. 다다다음에 오는 차 번호의
뒤에서 세 번째 오는 숫자 맞추기
게임을 삼촌은 유쾌하게 고안하곤 하셨다.
"예전에는 이렇게 놀았어~"라며
언니와 나에게 알려준 모든 것들은

전혀 고리타분하지 않았고
무한한 상상력을 가져다 주는
가르침이었다. '옛날에는 이랬다'는
말은 세상에서 제일 기대되는
말이었다. 곁에 있는 사람과 웃고

말하며 곁에 있는 것들의 소중함을
알고 활용하고 관찰하는 것이
나의 세대의 놀이였다. 놀이터에서,
좀 더 커서는 운동장에서 뛰노는 게
자연스러웠다. 그땐 그랬다.

25.

얼마 전 어느 가족을 보았다.
식당의 창가 자리에 앉은 가족의 엄마는
다섯 살쯤 되어 보이는 딸에게
"우리 창가 자리 앉으니까 바깥에
뭐가 있는지 볼 수 있어. 어떤 자동차가
오나 보자. 신나지?"라고 말했다.
또 "여기 앞에 화분도 있어. 신나지?
화분이 몇 개인지 한번 세어 보자"고
엄마가 말하자 딸은 깜찍한 목소리로
다섯까지 숫자를 셌다.

딸과 엄마와 아빠는
식탁에서 서로 바라보며
웃었다. 내 곁에 어떤 사람이
있는지 알고, 내 곁에 어떤 사물이
있는지 바라보는 것, 그것도
관심과 사랑을 담아.

옳고 그름의 경계가 희미해지지만
이것만은 아직도 옳다는 걸
확인했다. 참 예쁜 가족이었다.

26.

'트와일라잇'은 여러모로 유치한 소설이지만
난 참 좋아했다. 지금은 갖다 버렸지만
어쨌든 난 '앨리스'를 좋아했다. 앨리스는
미래를 보는 뱀파이어다. 앨리스는
현재 어떤 생각을 하느냐에 따라
미래가 바뀐다고 했다. 내가 이걸, 하필
이걸 기억하고 있어서, 결정을 위한 생각을
하고 결정을 내리는 데 묘한 두려움과
부담감을 느꼈다. 또 결과적으로 후회하진
않는데, 과거에 했던 생각들이 '초래'한
지금을 설명해야 하는 건 상당히 피곤했다.

하지만 생각은 늘 바다 위로
튀어나오는 돌고래와 같은 법.
'에드워드'와 '제이콥'을 동시에
사랑해서 갈팡질팡거리는
'벨라'는 앨리스에게 뱀파이어가

된 미래의 자신이 보이느냐고 물었고
앨리스는 상큼하게 '그렇다'고 답했다.

벨라는 제이콥과 함께하는
다른 미래도 보이느냐고 앨리스에게
물었고, 이번에도 앨리스는
흔쾌히 '그렇다'고 말했다.
생각에 따라 미래가 바뀐다는 것만
알고 있었다가, 번뜩 떠오른 기억
덕분에 또 하나 알게 됐다.
미래도 결국 또 하나의 가능성이라는 것.
나에겐 정해진 길이 없다는
논리로도 이해됐다.

현재의 생각이 미래를
좌우하는 것이 아니라,
동시에 여러 개의 가능성을
손에 쥐고 있다는 걸 이제라도
깨우쳐서 다행이다. 앨리스는
역시 '앨리스'다.

27.

데뷔한 지 50년이 훌쩍 넘었는데
로미오는 안 맡아보셨냐는 사뭇 짓궂은
기자의 질문에 배우 신구는
"이 몰골이 로미오 할 몰골이여?"라고
답했다. 이어 탐나는 역이 많았을
것 같다는 기자의 말에 그는
"(연출가가) 시켜줘야 하지. 기회는
주어지는 거지, 내가 선택하는 게 아녜요.
그게 배우의 운명이야"*라고 말했다.

우린 '할 수 있다(we can do it)'를
외우며 자랐고 뭐든 다 할 수 있을 거라고
믿어 왔다. 그런데 사실 할 수 있는
것보다 할 수 없는 것이 더 많다.
그래서 할 수 있다는 믿음 자체가
깨질 때, 우린 믿은 만큼 상처받는다.
마치 비를 내려 달라는 기우제 후

*인터뷰 구절- 인터뷰어 기자 박돈규. 인터뷰이 배우 신구. 인터뷰 [박돈규 기자의 2사만루] *게맛은 알지만… 아직도 연기는 모르겠더라.* 조선일보 WHY

내린 비가 땅에 끝내 부딪혀
부스스 흩어져 버리는 것처럼.

할 수 없는 것을 포기하는 마음에
박찬욱 감독의 가훈이라는 '아니면 말고'**를
적용시키기엔
매 순간 하고 싶어 절절했던 마음이
아직도 애틋하다. 아직 따뜻하다.
그래서 그 대신에 '현대인들은
자기 의지로 무엇이든 이룰 수
있다고 생각하지만 이는 매우
오만한 태도'***라는 따끔한 말이
차라리 위로가 된다. 하긴, 어떻게
다 하고 살아.

더 나아가, 헤밍웨이의 말이
다가온다. '결코 단순한 부산함과
진정한 활동성을 혼동하지 말라.'
나의 의지가 막강했음에도 아니,
막강한데도 할 수 없는 일이

** ***감독 박찬욱. 책 박찬욱의 몽타주. 마음산책. 2013. 16쪽

여지없이 또 생겨난다. 너무
잦아지니 이제 또 속상할 힘도
없다. 그러나 하고 싶었으나
할 수 없게 된 그 일이 헤밍웨이의
말처럼 내가 할 수 있는 일을
방해하진 않을지 의심스러워졌다.

몇 개 국어를 구사하고 싶다는
욕심으로 참으로 멀리도 왔건만,
누군가에 대한 부러움이 결국
부산스러움을 부추기는 것 같아
욕심을 버린다. 할 수 없는 걸
어떻게든 하기엔 나에게
주어진 시간이 너무나도 짧다.
지금 내가 할 수 있는 것이
곧 '진정한 활동성'이다.

할 수 없는 걸 알았으니
할 수 있는 바에
나의 최선을 쏟을 수밖에.

내리길 바랬던 비가
땅이 아닌 강으로 떨어진다면
그 비가 강도 되고
흐르고 흘러 바다도 될 텐데.
이젠 비가 내리는 것 자체보다
비가 알맞은 곳으로 떨어지길,
물론 알맞은 시간에, 아무튼 그러길
바란다. 시간 맞춰 좋은 곳으로,
맞는 곳으로 떨어져 멀리 저어 멀리.

28.

사는 게 꼭,

알약 삼키는 것처럼.

건너려고 하면 바뀌어 버리는 신호등처럼.

눈 앞에서 지나가는 버스처럼.

차려고 하면 손목 시계는 이미 멈춰 있는 것처럼.

올지 안 올지 모르는 전화를 기다리는 것처럼.

29.

무라카미 하루키의 소설 '노르웨이의 숲'
등장인물인 '미도리'는 늘 자신이 넘친다.
'이제까지 너무 가혹했던' 인생을
'앞으로 확실하게 돌려받을 것'이라며 '괜찮다'고 말한다.*
명백할 정도로 자신만만하다.
마치 1+1=2인 것처럼 단순하다.

그래서 미도리의 이 의견에 유독 신뢰가 간다.
"비스킷통에는 내가 좋아하는 비스킷만
있는 건 아니잖아.
좋아하는 비스킷부터 먼저 먹으면 나중에는
별로 좋아하지 않는 비스킷만 남겠지?
나는 괴로운 일이 생기면 늘 그 생각을 해,
지금 고달프면 나중에는 순조롭다고.
인생은 비스킷통 같은 거야."**
심지어 경험적으로 배웠다고 하니 더더욱 믿음이 간다.

* **무라카미 하루키(村上春樹). 소설 노르웨이의 숲(ノルウェイの森) 下. 講談社. 2019. 209쪽

사회가 불공평하다는 건 옛날 옛적부터
알고 있었다. 나의 일부인 불행이
불공평한 사회로부터 비롯되었다고 해도
이제 한탄도 의미가 없다. 어차피
내가 뭔가 이뤄내려 할 때
불편한 사회라는 건 10년 전에도
100년 전에도 1000년 전에도
변함이 없다. 그러므로 불만은 있어도
불평은 쓸모가 없다. 불공평한 사회는
그 누구도 고친 적이 없기도 하고.

그래서 난 나의 이룸을
사회 대신 인생에 걸어 보기로 했다.
미도리의 말처럼, 즉 맛있는 비스킷과
맛없는 비스킷이 공평하게 공존하는
비스킷 깡통이 곧 생(生)이다.
나에게 불행이 있었던 수만큼
행복이 있을 거라는 믿음으로,
그러니까 내 인생은 나에게
공평할 것이라 알고

하고 싶은 걸 한다.

30.

내가 직접 들은 건 아니고
엄마가 들려준 이야기:
"할머니가 얼마 전에 회관 할머니들이랑
영정 사진 찍으셨어. 엄마가 오늘 봤는데
예쁘게 잘 나왔더라. 할머니가 사진
보여 주면서 '엄마 죽어도 너무 울지 마라.
엄마 살 만큼 살다 가는 거니까'라고 말씀하셨어."
나는 요즘 들어
'끝을 모르고 가고 싶어'라고 자주 말했는데,
이 이야기를 듣고 더 이상 이 말을 할 수 없었다.

31.

어느 시점부터 뜬금없어서
신기한 일들을 지속적으로 겪고 있다.
예상치 못했던 일들이라 무서웠지만
감사했다. 그리고 그 일들은 늘
한 번뿐이었다.

난 원래 모든 일에 있어
'처음'이라 생각했다.
처음이니까, 실수를 하게 되어도
괜찮다고 생각했다.
처음 해보니까, 처음 겪어 보니까
실수할 수 있다고 나도 모르게
사전에 실수를 용납했던 것 같다.

그런데 '이런 일이 또 일어나 줄 수 있을까'
싶은 일들을 겪고 나니, 나에게 일어나는
모든 일들을 '마지막'이라고 여기게 됐다.

'마지막'이니까, 최선을 다할 수밖에 없게 됐다.
마지막이니까 아무리 부족한 나일지라도
다 쏟아붓는다. 내가 할 수 있는 전부를 한다.
마지막이잖아.

실수 대신 아쉬움이 남는다.
하지만 후회가 없다.
같은 일은 반복되지 않기에,
잘 떠나보내고
나 또한 잘 떠나간다.

32.

영화 '가버나움'을 보고 난 뒤
내가 여러 감정 뒤 가까스로
깨달은 건 인간에겐 당연한
권리가 없다는 것이다. 물론,
신은 권리를 부여해주셨겠지,
다만 인간이 지키지 않을 뿐이지.

행복해지는 건 사실 꽤
간단하고 단순하다.
마음이 편한 것이 어려운데,
많은 이들이 행복한 것과
마음이 편한 걸 혼동한다.

칭찬받으려고
사는 건 아니지만,
차갑고도 세차게 내리는
빗방울에 아무리 두껍다 한들

결국 얇은 잎새가 고개를
떨구는 것처럼

내가 하고 싶은 일을
끙끙 끌고 간다는 것만으로
'어른들'에게 '이기적이다',
'철이 없다', '부모 등골 빼먹는다'는
말을 듣노라면 주눅든다.

그러나 난 마음이
불편할 수 있어도
행복할 권리를 챙기고자 한다.
행복할 권리를 놓친다고 해서
마음이 편할 권리가
따라오지 않는 법이다.

즉 내가 행복해도
마음은 불편할 수 있다는 것.
특히 하고 싶은 일을
'꾸역꾸역' 밀고 나갈 때,

행복과 마음이 편한 것 사이에
괴리가 커진다.

내가 행복하기 위해서
하고 싶은 일을 해보겠다는데,
왜
왕관의 무게를 견뎌야 하나.

어제 밥 먹었다고 해서
오늘 밥 안 먹는 건 아니듯이,
슬픈 건 슬픈 거고
피로한 건 피로한 거고
행복한 건 행복한 거다.
다 별개란 의미다.
그건 그거고 이건 이거지. 다르다.

그러니 난
행복해지기 위해 짊어지는
왕관을 버리고, 오늘도 진실한
콜럼버스의 항해를 실현하기 위해

노력한다. 다른 사람들이
안 챙겨주니 내가 행복할 권리,
내가 챙기겠다.

33.

‘이 삶이 도대체 나에게
뭘 가르쳐 주려는 걸까?’라는
물음표가 수시로 찾아온다.
즉 매일 예측되지 않았던 것들로부터
휘둘린다. 그래서 내가 계획을
못 세우고 안 세운다. 모든 걱정은
허구인 동시에 내가 뜻하는 대로
내일은 진행되지 않는다. 현실적인
계획은 아무런 도움이 되지 않는다.

고로, 현실적인 ‘꿈’이
무슨 소용인가 싶다. 어차피
내일은 오늘이랑 다른데,
구체적인 직업을 어떻게
꿈으로 삼는지 난 잘 모르겠다.
꿈이 직업이 되면 그때부터
매사가 고달파지는 것 같다.

그런데 현실이 워낙
좀 그래야지, 이해는 안 가지만
이해는 간다.

그렇지만 본인의 내면을
현실적인 것들로만 착착착
채워 넣으면 삶이 너무
삭막하다는 것을 꼭 말하고 싶다.
모두 가슴에 '삼천 원'은 품고 있다고
해서 진짜 삼천 원 품으면 어떡해.
숫자는 웬만하면 계산할 때만
쓰는 것이 적절하지 않을까.

그렇다고 허무맹랑한 상상만 하면
사회와 세계, 세상에서 살아갈 수 없다.
꿈에 있어 큰 핵심은
목적은 꿈이어야 하고 그 목적 아래
그때그때마다 구체적이고도 작은 목표를
자꾸 현실로 이뤄내야 한다는 점이다.
추진력을 통해 모호성을 구체적으로

바꾸는 작업이 곧 꿈일 수도 있겠다.

하지만 앞서 말했듯이
꿈이 현실과 너무 맞닿아 있으면
숨쉴 수 있는 재간이 없다.
그래서 말인데, 품 한 구석에
'삼천 원'은 치우고 현실적으로
이뤄질 가능성이 0%에 수렴하는
꿈을 넣는 거다. 뭐, 어때.

■■■ ■■■ ■■
■■■■ ■■■■ ■■■■■
'■■■ ■■■ ■■■■'■■■
■■■ ■■ ■■ ■■■■■.
'■■ ■■ ■■■■ ■■
■■■■■■. ■■■ ■■
■■■■■ ■■■■ ■■■
■■■ ■■. ■■ ■ ■ ■■■■.
■■■■ ■■■■ ■■. ■■ ■■■
■■ ■■■■ ■ ■■ ■■■■ ■■■.'

현실적으로 이뤄지든 말든
정말 '꿈'인 꿈을 마음 한 편에 놓고
현실적인 꿈을 현실로 구체화하느라
힘들 때마다 떠올리는 것이다.
이게 낭만이고 여유고 행복이다.

왜 꿈은 크게 가지라면서
현실에선 '소소하지만 확실한 행복'을
운운할까. 왜 치사하게 소소해야 해.
행복은 크기에 좌우되어서는 안 된다.
행복을 인식하는 자체가 확실한 건데,
'확실한 행복'이란 말도 모순이다.

크고 든든한 행복이면 어때.
안 될 게 뭐 있나. 사실
어떤 행복이든 자신에게 적합한
행복이면 된 거다. 뭐, 여기에
'소확행'이 포함될 수도 있지만,
이왕 행복하는 김에 크게 크게

행복하자는 게 나의 지론이다.

마지막 결론은,
눈치 보지 않을 꿈을
간직하는 것이
낭만이고 여유고
크고 든든한 행복이다.

:: ■표시가 있는 문단은 출판을 위한 편집 과정을 거치며
애석하게도 실을 수 없게 되었습니다.
아예 삭제하거나 수정하기에는
일필휘지라는 이 글의 특성과 예술상 의의,
그리고 이 문단에 대한 작가의 애정이 있기에
차마 지우지 못하고 ■를 표시하여 공란으로 남겨둡니다.
독자 분께는 이 문단이 보이지 않겠지만
제 눈에는 이 문단이 언제나 보일 겁니다.
따라서 독자 여러분께 너른 이해와 존중으로
이 글을 숙독해주시길 청합니다. ::

34.

맛이 좋아 보였다.
속이 어떤지 몰랐지만
맛이 좋아 보여서 먹었다.
먹기 전엔
내가 소화를 못 시킬지 몰랐다.
먹고 나서야 난 애초에
소화를 시킬 수 없다는 걸
깨닫고 말았다.
겉모습에 속았다.

35.

모든 건
의미를 찾으려고 해서
고장나는 거라고 생각했다.
있지도 않은 의미를 부여하느라
괜히 다친다고 생각했다.
하지만 내가 틀렸다. 단단히도
틀렸다.

홍상수 감독의 영화엔
온갖 의견이 분분하다.
어떤 입장을 취했든 간에
사람들은 영화의 꼬리표로
느낌표를 달았다. 이에
홍상수 감독이 답 같지도 않은
답을 했던 때가 있었다.

'만든 사람이

설명해서도 안 되고,

할 수도 없는 대목이라고

생각합니다.'

'지금 우리가 이렇게 물통을

주고받으며 그 물맛에 관해

말할 순 있지만 몇 년을

설명한다고 해서 그 물맛을

알 수는 없을 것.'*

'…사실 저는 아무것도 모릅니다.

이제 진실을 찾기보단 지금

이 순간 주어진 작은 것과

춤추고 싶습니다.'**

이런 대답이나 언제나 한결같은 행보에

늘 애가 탔던 건 홍상수 감독을 알고 있다고

착각했던 쪽이다.

하지만 안다고 생각할 때

아예 미궁 속으로 빠져 버리는 법.

*감독 홍상수. 외국의 어느 강연에서(정한석. 기자 …북촌의 꿈, 《북촌방향》이라는 이 진귀한 체험, 씨네21. 2011)
**감독 홍상수. 프랑스 칸 기자 간담회에서. 2017

우리는 얼마나 많은 추측으로
본연의 가치를 지워 버리는가, 그것도 전부를.
의미가 있다고 착각한 채
우리는 얼른 달려보고 만다.

이해하려는 노력은
오해를 낳는다.
그 노력은 거의 항상
성공했다. 실패의 확률이 적은
노력이었다. 그러니 다들 노력을
쉽게 했다. 그리고 그 결과로,
우린 늘 잘 안다고 해서 상처 줬고
잘 모르기 때문에 위로를 했다.

그래도 나는
억지로 부여하는 쪽이 아니라
우연히 발견하는 쪽이라고
굳게 믿었는데, 이 입장도 결국
천박했구나. 어리석었어.
어떤 의미든 동아줄 붙잡듯이

바란 거였구나. 가여워라.

나에게 가장 필요한 용기는
어떤 것이든 소중하게 여기지 않을
용기였다.
어차피 나는 평생 알 수 없을 테니
구태여 거스르려고 하나.
뭘 위하여.
뭐 하러.

36.

딱딱한 표정의 경호원 앞으로
분홍색 토끼 같은 여자 아이가
판다 인형을 품에 안고 걸어간다.
걸어가는 듯했는데 경호원과
눈이 마주쳤는지 부끄럽다는 듯이
판다 인형으로 눈을 가린 채
종종걸음으로 지나간다.

지나가는 듯했는데
뒤로 휙 돌아
슬그머니 인형을 내리는데
이런, 또 눈을 마주쳤나 보다.
다시 인형으로 얼굴을 가리고
총총 걸어간다.

걸어가는 듯했는데
다시 뒤로 휙 돌아

살며시 인형을 내리는데
아이쿠, 또 눈을 마주쳤나 보다.
이번엔 배시시 웃더니
인형을 품에 안고
쪼르르 제 엄마에게 간다.

경호원은 꼬마 아이의
앙증맞은 장난에
활짝, 아주 활짝 웃는다.
소리내서 웃었다는 게 아니고
미소 지었다.
때때로 우린 누군가를
소리 내어 웃게 하는 것보다
가만히 미소 짓도록 하는 것이
더 어렵고 가치 있지 않나
가만가만 곱씹는다.

37.

내가 톰 홀랜드의 '스파이디'와
앤드류 가필드의 로맨틱한 스파이더맨을
정말 좋아했다 보니
토비 맥과이어의 스파이더맨에
매력을 크게 못 느꼈다. 절대적인
인기의 이유에 공감하지 못했는데
이제는 안다.

앤드류 가필드의 스파이더맨은
과학적으로 똑똑하니
그걸로 대학을 가든 회사에 취직하든
풀릴 듯싶고,
톰 홀랜드의 스파이디는
뭐, 아이언맨이 후원자*니
돈에 구애받지 않을 것 같았다.
그러니까 이들은 스파이더맨 수트를
벗고 생활할 때, 생계가 막막해 보이지도

*이 글은 2021년작 영화 '스파이더맨: 노 웨이 홈(Spider-Man: No Way Home)'이 개봉하기 전인
2019년에 썼습니다.

보는 이가 공감될 정도로 혹은 걱정될 정도로
안쓰러워 보이지 않았다.

그런데 토비 맥과이어의 스파이더맨은
늘 어딘가 모자랐고 뭔가를 가뿐하게
해내지를 못했다. 스파이더맨을
해내느라 학교 수업에 집중하지 못해
성적은 바닥을 치고, 여자친구와
삐걱거리고, 스파이더맨 기술을
활용해도 일자리에서 해고당한다.
스파이더맨은 피터 파커에게
수익 창출이 되어주지 못한다.

그러나 다른 스파이더맨'들'처럼
불의의 사건을 지나치지 못한다.
그렇지만 스파이더맨으로서 박수받을 때
피터 파커로서의 삶은 또 엉킨다. 부족함을
속시원하게 수습해주거나
확실하게 공감해줄 이들이
토비 맥과이어의 스파이더맨 곁에

거의 부재하다시피 한다.
균형이 아슬아슬한 삶. 하지만
바로 이것 때문에 그가 지금까지
잊히지 않고 사랑받는다.

우리는 서로에게 늘 대중이거나
가끔 스파이더맨-불의의 사고를 겪는자
관계가 된다. 어떤 방식으로든
도와주고 고마워한다. 그러나
수트와 거미줄 뒤에 가려진 삶은
모른다.

대중에겐 스파이더맨이라는
히어로가 근사해 보이겠지만,
토비 맥과이어의 스파이더맨이
그러했듯이 멋있는 스파이더맨의
존재와 모습이 지켜지면서
피터 파커의 일상은 엉망이 되어야 했고
생계까지 위태로워졌다.
스파이더맨이 수트를 더 이상 입고 싶지 않다 해도

그 삶은 이미 피터 파커의 용기와 정의로움이
되어 버렸기에 쉽사리 놓을 수 없다.

남들이 우러러보고 박수를 쳐주고
심지어 누군가에 대한 도움이 되어줄 수 있는
삶과 그 삶을 지키기 위해 아니,
지키느라고 다른 이에게 마음 놓고
털어놓을 수 없는 걸 홀로 감당하는
처량한 삶. 균형이 잘 맞춰지지 않는
스파이더맨-피터 파커를 소화한
토비 맥과이어의 스파이더맨을
사람들이 그래서 좋아하는 것이다.
그 스파이더맨이 자신과 닮아서.

우린 매일
스파이더맨과 피터 파커의
균형 위에서 위태롭다.
우리가 곧
스파이더맨이다.

38.

난 지난날에
아무런 후회가 없다.
흔히들 후회를 느끼지 않는 게
중요하다고 하지만, 물론 그렇긴 하지만,
난 이보다 더 중요한 것이 있다고
자신한다.

'해리 포터'에서 마법사들은
영혼을 빨아들이는 '디멘터'를
물리치기 위해
행복한 기억이 기반이 된
'패트로누스'를 소환한다.
이는 곧, 누구나 알듯이,
행복했던 추억이 있다면
절망이란 감정은 절대로 내면으로
들어설 수 없다는 건데,
나는 이 '행복했던 기억'에

자신이 없다.

해리 포터가 이 마법을 처음
익힐 때 루핀은 뭐라고 했던가.
처음 빗자루를 탔던 기억을 말하자
루핀은 더 강력한 걸 요구했고
마침내 부모님과 관련된 기억으로
패트로누스 마법에 성공했던 것 같다.
강력한 행복의 기억.
강력한 행복의 기억이라.

지난날에 후회가 없는 난
누가 나 보고 되돌아가고 싶은 날이
있냐고 질문하면 망설임 없이
그런 날은 단 하루도 없다고 대답했다.
난 그 어떤 순간으로도 되돌아가고 싶지 않다.
해리 포터처럼 나에게도
행복했던 기억이 있었겠지만
슬프게도 그 기억들이 생각나지 않는다.
또한 행복했던 기억이 없었다. 없다.

오히려 그날들을 무사히 지난 것에 감사할 뿐이다.
나에겐 상기하고픈 기억을 상기할 능력이 없고,
정확히 말해 상실했고,
복기할 수 있는 기억을 복기하지 않을 연습이
요하다.

그런데, 참, 하루하루 살아낼수록
삶을 살아갈수록 사람이 살아있다는 게,
건강하다는 게, 오늘 하루 무탈하게
보냈다는 게 얼마나 아름다운지,
눈물겹도록 아름다운지 마음 저리게
깨닫는다. 참 반짝반짝 예쁘다.
아름답다. 살아있는 게 참 장하다.
기특하다. 어여쁘다. 살아있는 것만으로,
살아 있으면 돼. 다 돼. 그뿐이야.

그래서 말인데,
후회가 없으면 뭐하나.
그 어여쁜 나이로, 그 소중한 순간으로, 나에게로
돌아가고 싶지 않은데. 돌아갈 기억이 없는데.

이 점이 늘 사무치게 아렸다.

그래서 말인데 이제는 그렇게 안 하려고.

어차피 난 후회를 남길 수 없는 사람이다.

그렇게 학습되었으니까.

이제는

나중에 되돌아가고 싶다고 말할 수 있는

시간을, 나날을 살아야지.

나중에

아, 그때 정말 좋았지, 그때 참 예뻤지,

그때 참 눈치도 안 보고 행복했지,

그때 정말 완벽했고 완전했지,

이렇게 생각하는 것만으로도

웃음 지을 수 있는 하루를, 기억을

만들어야지.

'죽어도 그때로는 안 돌아가'

대신

'그때로 한 번만 다시 되돌아가서

놀고 와야지. 즐거워야지.'

이렇게.

기꺼이 되돌이켜도 좋을 하루,
침범될 수 없는
강력한 행복의 기억을
만든다는 마음으로
살아야지.
그럼 나중에
뒤돌아봤을 때 눈물 대신
미소 지을 수 있을 거야.
행복할 수 있는 기회를 놓쳐선
안 돼. 미소 짓고 앞을 향해 또
걸어갈 나를 위해.

39.

다른 사람은 어떻게 살까
궁금하다.
오직 나 하나로
순간을 헤쳐가고
세상을 살아가기엔
'나'라는 사람은 늘 완벽하지
않다.

나 하나만으로
충분하지 않을 때
'이 사람'은,
'이 사람'이라면
어떻게 했을까 상상한다.

흥분이 잘 가라앉지 않는
관중석을 향해
솔직하고 대쪽 같은 배우는

'정숙해주시면 감사하겠다'는
말을 했다.
시원시원한 언사에 탄복하다가
이 상황에 배우 김혜자는
어떻게 했을까 조용히
마음 속으로 그렸더랬다.

40.

개미를 잡아야 할 때면
늘 겁부터 났다. 그도 그럴 것이
개미에 손바닥을 탁 내리치면
개미는 순간 내 살을 콱
깨물기 때문이다. 따끔하다.
개미를 처치한 건 뒷전이고
내 손바닥엔 개미가 물어서
빨갛게 부푼 부상이 남는다. 쓰라린다.
살생자에게 상처를 남기는 죽음이라,
영광스러운 죽음이다. 죽더라도
상흔을 남기는 죽음.

41.

내 입장에서 외할아버지가
잘 이해되지 않았던 게,
할아버지는 무슨 일이 있어도
끼니를 꼭 챙기신다.
예를 들어 엄마, 할머니, 내가
치킨으로 저녁을 때워도
할아버지는 그저 닭다리 하나로
맛만 보실 뿐 꼭 (쌀)밥, 국, 반찬으로 된
식사를 챙겨 드신다. 아니, 할아버지,
한 끼 정도는 밥 아니어도 괜찮잖아요,
라는 말이 목구멍까지 올라오지만
다시 꿀꺽 삼킨다.

할아버지는 삼시 세끼를 '지키신다'.
아니, 사람이라는 게 살다 보면
끼니 건너 뛰고 끼니 합쳐 먹는 거
아닌가요, 라고 말하고 싶지만 말한 적 없다.

할아버지는 그 삼시 세끼를 드실 때
과식하신 적이 없다. 소식하신다.
아니 근데 정말, 사람이 맛있는 음식
먹을 때 '이걸 또 언제 먹나' 싶지 않나?
그 욕심 한 번 안 부리시고 할아버지만
아시는 그 적정선에서 숟가락과 젓가락을
내려 놓으신다. 간식도 거의 맛만 보실 정도로
몇 입이면 끝이시다.

때로는 융통성을 좀 발휘해주시면
할머니와 엄마가 좀 편하실 텐데.
이런 점은 좀 아쉽지만,
할아버지의 그 규칙이 바로 할아버지께서
여든을 넘기셨어도 젊은 감각을 부각시키는
옷을 입을 수 있는 비결이다. 물론, 건강 비결이기도.
철저한 관리로 유지된 호리호리한
몸 맵시와 꼿꼿한 허리로 소화하시는
스타일은 나이를 뛰어넘은 할아버지
본연 그 자체다. 그 규칙이 할아버지를
오래도록 그대로 지키는 것이다. 보존이다.

주변 상황이 어떻든

스스로를 보존하려는 노력을

꼬박꼬박, 쉬지 않고 이어가는 성실함.

성실은 옛 이야기인 적이 없는데

왜 접할 때마다 흠칫 놀랄까.

그건 아마 지금 타협이 너무

쉽기 때문일 거야.

소신과 고집과 아집이 구별되기

어려운 시대이기도 하니까.

'숯의 작가' 이배는 예술에 세 가지

요건이 있다고 말씀하셨다.

에스프리(영감과 정신), 애티튜드(태도와 자세),

그리고 프로세스(과정과 방법).

현대 미술에선 균일함과 일정함이 중요하기에

그분은 아침 9시경에 작업을 시작해서

저녁 7시까지 이어가는 규칙적인 생활을 하신다.

그에 따르면, 프로세스는 지속적으로

쌓이고 축적되어 가는 것.*

*인터뷰어 피처 에디터 권은경. 인터뷰이 화가 이배. 가장 순수한 힘, 숯. 더블유 코리아. 2019

영화 '지금은맞고그때는틀리다'의
희정은 매일매일 그림을 그리는
이유로, 그렇게 해야 자신을 확인할 수
있다고 했나 지킬 수 있다고 했나.
이렇게까지 하지 않으면 무너질 것 같은 것까지는
아니어도, 이렇게 해야 자기 자신이 지켜지는 것.
그것도 매일매일 해야 하는 것. 무슨 일이 있어도
거르지 않는 것.
그러므로, 현대 사회에서 성실함이
곧 소신이다. 소신껏 사는 건
성실하게 사는 거다.

42.

시계방 아주머니는 나에게
시계를 겹쳐 놓지 말라고 하셨다.
자기장 관련해서 뭐라고 말씀하셨는데,
요지는 시계끼리 겹쳐 있으면
시계가 금방 멈춘다는 것이다.
시계를 아끼지만 상전처럼 모실 생각이 없어
한곳에 뭉쳐 넣다시피 했더니
가뜩이나 오래된 시계들이 꺼내들 때마다
하나둘씩 멈춰 있다.

어떤 건 2시 34분,
어떤 건 8시 17분,
어떤 건 5시 8분에서 멈춰 있고,
어떤 건 현재 시각과 다르지만 잘 움직인다.
어떤 건 현재 시각과 일치한다.
시간이 서로 엉켜 있다.
이때는 언제였을까,

이때는 나의 언제일까.

시간이 부딪혀 제각기 다른 시간만 존재한다.

시간이 부딪쳐 시간이 고장났다.

어떤 시간이 지금 나의 시간일까.

어떤 시계는 약을 주면

시간을 되찾아 현재 시각으로 움직이겠지만

어떤 시계는 영영 멈춰 있다.

다 나의 시간인데

시간이 너무 많아서

서로 부딪치고 엉킬 수밖에 없다.

지금 내가 이 시각을 꺼내는 게 맞을까.

이 시계를 그냥 내버려둬도 괜찮을까.

이 시간은 언제 착용해야 할까.

모든 시계의 시침, 분침, 초침이 각자

다른 곳을 보는 건 내 탓이다.

43.

난 존 스타인벡의 '분노의 포도'를
잘 떠올리지 못했다.
역사 시간에 1차, 2차 세계 대전을
배울 때면 난 재즈 시대라며
스콧 피츠제럴드의 '위대한 개츠비'를
꼭 언급했지만 역사 선생님은
'분노의 포도'를 먼저 언급하셨다.
그런데 희한하게도 이건 좀처럼
바뀌지 않았다. 그러니까 선생님께서
세계 대전 관련 수업을 하실 때면
난 '위대한 개츠비'를, 선생님은
'분노의 포도'를 가장 첫 번째로 거론했다.

최우선적으로 말한다는 건
결국 가장 먼저 떠올렸다는 것이다.
또 맨 처음 떠올리는 대상이
잘 바뀌지 아니한 건 아마

생각의 방향은 잘 바뀌지 아니한다는
의미일 것이다. 사람은 이걸 볼 때
저걸 보지 못한다는 뜻.

희망과 가능성은 다른 주파수다.
AM에선 FM을, FM에선 AM을
들을 수 없다.
희망과 가능성은 같은 선에서
양립되지 않는다.
희망을 품은 이에겐 가능성이 안 보이고
가능성을 간직한 이에겐 희망이 안 보인다.
희망을 품은 이는 희망을 호소하고
가능성을 간직한 이는 주위의 가능성을 알아챈다.

그래서 희망과 가능성은
계급을 만든다, 불행하게도.
암묵적인 계급이다.
그리고 난 어떤 걸 구걸하고
어떤 걸 못 보고 지나치지 않는가.
귀띔을 하자면, 나의 역사 선생님이

'분노의 포도'를 말씀하실 때
나는 '위대한 개츠비'를 말했다.

그리고 매일 스스로를 경계한다,
스콧 피츠제럴드, 존 스타인벡
둘 중 하나만 되지는 말자고 말이다.
둘 다 될 수 있다.
지금 라디오 시대는 아니니까
희망과 가능성은 양립할 수 있다며
타협의 시도를 늦추지 않겠다고 말이다.

44.

파리에 사는 홍세화 씨에 따르면,
우린 우리집 아래 아랫집이 있다는 걸
곧잘 잊는다.
맞다.
아래층이 없으면 위층이 있을 리
만무하다.

새벽에 자면, 그때까지 깨어 있으면,
낮에는 절대 들을 수 없는 소리를
들을 수 있다. 그 소리들이 정겹다.
거리의 고양이들이 소리를 지르며 싸운다.
얼마나 앙칼지던지, 귀엽더라.
문 밖에 신문 배달원이 툭! 소리를 낳으며
신문을 던지고 간다. '쿨'하다. 어떨 때는
문이랑 신문의 거리가 1m이던데.
바깥에는 쓰레기를 수거해 가는 분들이
서두르는 움직임이 둥근 소리를 남기고

곧 고요가 다시 새벽을 채운다.
새벽이 끝날 때쯤이면 내가 모르는 새들이
트라이앵글 소리를 낸다.

새벽은 춥지만
새벽을 들으면 따뜻하다.
낮과 밤을 이루는 이들이 있듯이
새벽을 이루는 이들도 있다.
이들은 늘 조심스럽다,
세상이 잠들어서.
그래서 언제나 약한 소리를
잠깐 켤 뿐이다.

왜 이렇게 서두르냐는 신문 기자의 질문에
오래 있으면 아파트 주민들이 시끄럽다며
민원을 넣는다고 대답하면서 작업원이
음식물 쓰레기통을 빠르게 차량에 쏟아 붓고
다시 제자리로 갖다 놓았다.
당신의 낮과 밤이 편리하려고
당신이 아닌 자의 새벽이 불편해야 한다.

그리고 어떤 이들은 그들의 땀이 섞인
미약한 소리에 양보가 없다.

낮과 밤 사이엔 작은 시간들이 많다.
새벽뿐이겠는가. 아침도, 저녁도 있다.
내가 이름 모르는 시간도 많다.
그 시간들을 채우는 소리를
사람들은 얼마나 기억해 줄까.
우리들의 집은 아래층에 집이 있어서
존재한다. 아랫집이 없으면 우리집은
무너지길 마련이다. 그러니
새벽을 데우는 저들의 식을 수 없는
숨 소리를 잊지 말고 잠에 들길.
저들의 새벽이 무사해야
우리들의 낮과 밤이 무탈할 테니까.

새벽까지 잠을 이루지 못하는 자는
밤에 잠을 이루지 못하는 자다.
그리하여 외롭다.
그렇기 때문에 저어 가까운 바깥에

누군가, 어떤 생명이 나처럼
숨쉬고 있다고, 살아가려 애쓰고 있다고
들으면 그보다 더한 위로는 없다.
깊은 새벽 은은한 가로등 불빛 같은
우리들의 숨결, 고동 소리가
낮게 깔려 있다.

45.

못을 박을 땐 신중해야 한다.
어디에 박을지 결정하는 것을
마무리하는 건
못을 휘어지지 않는 방향으로 곧게 박는 것.
감정적으로 흥분해서 무작정 내리치다가
못을 망칠 수 있지만, 이처럼
못 박기를 무용지물로 만드는 치명적인 수단은
하나만 있는 게 아니었다.
바로, 집중력을 잃는 것.

어떤 상냥한 이가 나에게
몰입감이 좋다고 말해주어
나는 단숨에
필생 나의 단점이라 여겼던
집중력 부족을 깡그리 꾸겨 버렸다.
집중력 좀 부실하면 어때,
몰입력이 괜찮다는데.

이 몰입력 덕분에 득 좀 보면서
나는 생각날 때만, 내킬 때만
못을 박았다. 한 번 박을 걸
두 번 나눠서 박았고, 두 번 박을 걸
네 번 나눠서 박았다. 쿵! 박고 나면
휙 돌아섰다.

그래서 리듬을 잃었다.
몰입감의 후유증으로 마음이
까매지고 나서야 못의 상태를
돌볼 여유가 생겼다. 그 못은
제멋대로 박아낸 탓에
곧질 못했다. 요리조리 길을 내며
박혀 부실했다, 나의 집중력처럼.
한 번 박을 때 제대로 박으면
그 한 번이 열 번이 될 때
못이 제대로 박혀 있을 거라
판단했으나 슬프게도, 서럽게도
착오였다.

못을 박을 때 핵심은
횟수에 의한 행동이 아니라
못을 박는 행위 그 자체다.
자리를 딱 잡고 못을
적절한 힘으로 정확하게
규칙적인 박자를 온 몸의 진동으로
일으키며 차분하고도 신중하게
박는 것. 언제 망치질을
멈춰야 하는지 알기 위해선
망치질을 멈추어선 안 된다.
집중해야만 못의 길이를 기억하기에,
그래야만 못도, 못의 길도
휘지 않는다.

46.

나는 내가 소장하고 있는 물건들을
워낙 애지중지해서 오히려
잃어버릴까 걱정한다. 그래서 그런지
잃어버린 적이 거의 없다. 아예
잃어버린 적 없다고 쐐기를 박고 싶은데
그럴 수 없는 건 물건을 딱 한 번, 아니
두 번, 내가 아는 한 두 번 잃어버려서
내가 물건을 잃어버릴 확률은
내가 물건을 잃어버리지 않을 확률이 8%,
98%, 998%, 9998%가 되어도
2%다.

세트로 산 반지는 그 중 한 개만
잃어버렸고, 어디서 잃어버린 건지
대충 짐작만 할 뿐이니까, 게다가
희망적이게도 아직 하나 남았으니까
괜찮다손 치더라도,

나의 보라색 가죽끈이 달린 미키마우스 시계는
어떻게 보면 나의 의지로 잃어버리게 된 것 같아
아직까지도 스스로의 손이 원망스러워
가끔 한 번 찰싹 치고 싶다.
나는 나의 소중한 시계를, 웃기게도
왜 소중했는지도 잊었으면서,
엘리베이터 틈 사이로 떨어뜨렸다.

아직도 거짓말처럼 느껴지는 게,
어떻게 엘리베이터를 타는 그 순간
손목과 손에서 시계가 미끄러져
그 틈 사이로 빠질 수 있는지
이게 보통의 과학적 논리로 설명이 되나.
너무 순식간에 벌어진 일이라
혼비백산할 겨를도 없어
손목과 손에 텅 빈 공기가 바로 느껴지자
난 엄마를 쳐다보고는 "설마, 떨어진 거야?"
라고 말했고, 그 다음 이어진 경악의 적막을
깨뜨린 건 '퉁!' '탕!' '퉁탕탕!' 시계가
엘리베이터 바닥으로 추락하는 소리였다.

마침 그날이 엘리베이터 안전 점검날이었고,
엄마가 관리소장 아저씨께 부탁해
점검원 분과 함께 시계를 찾으러 갔다.
엄마가 그날 '너 덕분에 살면서
별걸 다 겪어 본다'고 말했던 것 같기도 싶은데,
아무튼 엄마는 엘리베이터의 바닥에서
별의별 것들을 다 보았다고. 돈도 있었다더라.
아니, 그 팔랑거리는 게 그 틈으로 어떻게
들어갔을까. 엄마는 엘리베이터 속에서
추락하는 충격으로 결국 가죽끈과 링만
남아 버린 시계를 건네 주면서
그래도 다른 사람들과 달리
이거라도 찾은 게 어디냐고 말했다.

나는 케이스가 쏙 빠져 버린
나의 소중한 시계를 허망하게
바라볼 수밖에 없었다.
그게 내가 할 수 있는 전부였다.
왜 하필이면 그 시계고 그 타이밍이었을까.

나는 그 뒤로 뭔가를 잃어버리는 건
그때 겪었던 몸 안에 있는 무언가가
쏙 빠져나가 버리는 느낌과 같다고
여기게 되었다. 가끔 아무 이유 없이
흠칫할 때면 놀란다, 나에게 소중한 걸
잃어버린 걸까 봐, 잡을 새도 없이.
그 일은 잔인하고 너무했다.

47.

아직 밥도 못 먹었는데
이럴 줄 알았으면
아까 챙겨 먹을 걸.
그냥 안 먹고 싶어서
안 먹었는데
지금 못 먹을 줄 알았으면
아까 챙겨 먹을 걸.

48.

아무리 쳐도 '이' 연주가
'그' 연주가 되지 못해
피아노 선생님께 원인을 여쭈었다.
선생님은 손 모양이 잘못됐다며
피아노를 칠 때 올바른 손 모양과
나의 손 모양을 비교해 보이셨다.
나는 너무 놀라 선생님께
왜 지금에야 말하시냐고 물었다.

선생님은 내가 이미
너무 오래 전부터 손이 굳어졌고
이제 고치는 건 '대공사'라며
충분히 좋으니까 즐기라고 토닥이셨다.
나는 도대체 몇 년을
틀린 연습을 한 건지 속상할 뿐이었다.
틀린 노력은 틀린 결과였다.
부실 공사가 곧 부실한 건물이듯이 말이다.

노력을 백만 번 해 봤자 그 노력이
애초에 틀리면 맞는 결과가 나올 리 없다.

나는 내가 좋아하는 곡들이
망가지는 꼴은 보고 싶지 않아서
틀린 손 모양을 틀리게 연습해서
방금 틀린 음을 틀렸다.
선생님이 알려주셔서
옳은 손 모양을 머리로는 알게 됐는데
손은 몰라서 이번 노력은
틀리지 않길 바라며 매 연주를
다르게 했다. 이번 손 모양은 맞을까,
이건 피아노를 치지 않으면 절대
알 수 없었다.

자꾸 틀리니 점차 틀린 음이
줄어들고 어느 날은 운이 좋게도
틀리지 않고 연주하는 곡이 생겼다.
그렇다고 옳은 연주는 아니었다. 이제는
손 모양이 덜 틀리게 되니

손가락과 손목이 틀렸다는 걸 알게 됐다.
지긋지긋하게 틀렸는데 앞으로 더
틀려야 한다. 그러나 이제 안다,
애초에 옳은 게 아니었다면
틀린 걸 틀려야 옳은 게 뭔지 온몸으로
배울 수 있다. 몸으로 익히면 옳은 노력이
몸에 밸 거라 믿는다.

틀린 손가락과 틀린 손목을
틀리면서 매번 틀린 음을 연주한다,
고의로. 틀린 걸 틀려서
옳은 음을 내는 옳은 손가락과 옳은 손목을
찾기 위해서.
이번 노력은 틀리지 않길 간곡히
바란다. 맞는 손가락, 맞는 손 모양, 맞는 손목이
맞는 노력을 만들고, 맞는 노력이
맞는 결과를 만든다.
이번 노력은 꼭 옳길. 맞길.
난 내가 선택한 곡을 포기하지 않으니까.
좋아하니까. 사랑하니까.

49.

피아노를 칠 땐
적확해야 한다.
악보에 적힌 '미'를
'파'로 치면
그렇게 연주를 망치고 마는 거다.
연주자만의 성격이 어떻게
녹아들고 아니고를 떠나
악보를 지켜야 옳은 연주다.

물론 일부러 '미'를
'파'로 칠 리 없다.
하지만 실수로 '미'를
'파'로 칠 수 있다.
틀리지 않아야
곡이 제대로 발현된다.
그러니 '미'를 '미'대로
정확하게 누르려는 노력이

있어야 한다.

난 내가 얼마든지
틀릴 수 있다는 생각을 한다.
내가 믿는 것이 100%
옳다고 생각하지 않는다.
옳은 건 나의 바깥에 있다.
내 안은 선천적으로 무지다.
경험과 지식, 그리고 지성은
내가 갖고 태어나는 것이 아니다.

그러므로 나의 언사는
옳음에 가까워지려는 노력이다.
'나'라는 악보를 바르게
연주하려는 노력.
'미'를 '미'로 치기 위해선
감정적 노력이 아닌 기술적 노력이
필요하다.
정확한 순간에 적확하게
한 음을 눌러야 옳기에

의식을 놓쳐선 안 된다.

50.

피아노 선생님을
처음 뵈었을 때까지만 해도
난 한 곡을 완주하지 못했다.
틀릴 때마다 계속 처음부터
다시 치느라 완주를 할 수 없었다.
물론 연습할 때는 뭘 어떻게
해도 상관없지만 연주할 때는,
아무리 실력이 형편없어도,
도중에 틀려도 끝까지 밀고 나가야
한다. 그런데 그렇게 해 본 적이
없어서 몰랐다.

그래서 피아노 선생님이
알려 주셨다. 내가 틀릴 때마다
주춤거리면 선생님은
"괜찮아, 계속해"라고
부드럽게 말씀하셨고,

나는 차츰 실수에 놀라지 않고
자연스레 다음 마디, 또 다음 마디로
넘어가 완주하는 경험을 늘렸다.

재미있는 건, 내가
내 실수에 뻔뻔해지니
다른 사람들은 내 실수는 모르고
완주한 사실만 안다. 즉,
내가 내 실수에 부자연스럽게
삐걱대지 않는 이상
다른 이에겐 들리지 않는다.

51.

타협하지 마라?
듣기 좋은 소리는 아니다.
마치, 포기한다고 책망하는 것처럼
들린다. 사실, 뭐, 그런 걸 수도 있고.
어쨌든 '타협해'보다는
'타협하지 마라'는 말을 더
꾸준히, 많이 들은 걸 보니
타협이란 단어가 혹은, 그 쓰임새가
그다지 긍정적이진 않은 모양이다.

피아노를 칠 때 손가락 위치 설정은
과학적, 논리적으로 설명하기 어렵다고
본다. 쉽게 말해, 어떤 손가락으로
연주할 것인가는 연주자 마음이다.
악보를 보면 음표 위에 손가락 번호가
기재되어 있긴 한데, 그것도 결국
그 한 마디를 연주하기 가장 편한

손가락을 작곡가가 알고 표시한 거다.

그런데, 그렇다고 해서 그
손가락 번호를 따를 필요는 없다.
그러니까 내가 불편하면
다른 손가락을 써도 무방하다.
예를 들어 엄지, 검지, 중지 대신
검지, 중지, 약지로 곡을 연주했을 때
곡을 훨씬 잘 표현할 수 있으면 그걸로 된다.

이는 엄지, 검지, 중지가
부족해서 혹은 검지, 중지, 약지가
뛰어나서 손가락을 바꿔서
연주하는 것이 아니다.
이 마디를 연주하기에
이 손가락들이 더 편해서 그런 거다.
나는 이를 '양보'라 부르고
'타협'과 같다고 본다.

타협이란,

본인의 여러 능력을
적재적소에 활용하는 것.
이 능력이 이 상황과 맞지 않으면
이 능력을 나의 다른 능력에
양보해 그 능력을 실력 발휘하도록
서로 돕는 것. 이건 결코
어느 능력이 다른 능력들에 비해
심히 뛰어나거나 부족하기 때문이 아니다.
능력끼리 양보하고 배려하는 행위다.

52.

다섯여 차례, 선생님께 피아노
수업을 받고 났을 때 선생님은
"이제 내가 알려줄 건 없어.
네가 연습하는 것만 남았어"
라고 말씀하셨다.
이제 이 곡들을 내 것으로
만들 일만 남았다.
표현만이 내 몫으로 남았다.

53.

21세기 성냥팔이 소녀는
19세기의 원조 성냥팔이 소녀보다
형편이 낫다. 집에서
향초를 켠다. 성냥과 달리
빠르게 전소되지 않는다.
게다가 향도 난다.
사랑하는 이들은 나에게
향초를 선물했다.
나의 성냥은 향도 내고
빛도 낸다.

향초에 불을 붙이면 나도 그 속에서
성냥팔이 소녀처럼 꿈을 본다.
성냥팔이 소녀는 성냥 속 불빛에서
머물고 싶어 갖고 있던 모든 성냥을
태웠다. 내가 아는 건 여기까지였다.
여기까지가 결말인 줄 알았다. 그러나

결말은, '소녀가 어떤 아름다운 것을
보았는지, 얼마나 축복을 받으며 할머니와
함께 즐거운 새해를 맞이하였는지
아는 사람은 아무도 없었다.'*

내가 그 불빛에서
어떤 꿈을 보는지
나의 사랑하는 사람들은
알까. 그 불빛이 나의 손을
녹이는 게 아니라 그들이
나에게 써준 마음이라고
확인하기 위해 켜는 거라고.
보이시나요, 나의 마음이.

*https://terms.naver.com/entry.naver?cid=40942&docId=1216413&categoryId=40468

54.

햇빛의 사랑을 담뿍 받은 것 같은
모과 열매가 속절없이
땅바닥으로 툭 떨어져 그저
눈만 깜빡이고 있는 모습을 보며
남몰래 가슴 아파했더랬다.
모과 나무는 참 가슴 아프겠다.
기껏 정성스레 맺은 열매가
누구의 눈에도, 품에도 들지 못하니
엄마로서 얼마나 속상할꼬.

우리 엄마는 금방이라도 빛을 터뜨릴 듯한
모과 열매가 주렁주렁 열리는 가을만 되면
발을 동동 구르면서까지 기뻐하신다.
가로등과 달리 정직한 제 색을 모과 열매가
밤에도 자랑할라치면 우리 엄마는
그 재롱 잔치에 유일하게 참가해
뿌듯한 박수를 보낸다. 그러곤 차가운 바닥에

누워 있는 아이들을 품에 듬뿍 안아 집으로
데리고 온다. 우리 집은 가을만 되면
황금빛 햇살이 차고 넘친다. 누군가의
따뜻한 시선 덕이다.

엄마는 내가
표면에 얽힌 복잡함 때문에
나의 진심을 사람들이 못 알아본다고
속상해하면 항상 이렇게
말씀하셨다. "사람들은
진짜를 알아봐."
우리 엄마도 나의 진짜를
알아봐 준다.

누구도 들여다보지 않는
빛남에 언제나
따스한 시선을 보낼 줄 아는
분이 바로 우리 엄마다.
우리 엄마가 이런 분이다.
해처럼 빛나기까지 바라지 않고

바다만큼 이롭기까지 빌어주는
분이 우리 엄마다.
우리 엄마가 이렇게
고귀한 분이다.

그리고 내가
이런 엄마의
딸이다.
그것도, 하나뿐인,
꼭 하나뿐인
딸이다.

55.

인생이 꼭, 열심히 풀었는데
　　　　돌아오는 건 다 틀린
　　　　수학 시험지처럼.
인생이 꼭, 사기 전엔 몰랐지만
　　　　신고 나서야 불편한 신발임을
　　　　아는 것처럼.
인생이 꼭, 집에서 밥 안 먹었는데도
　　　　하루치 설거지를 해야 하는 것처럼.
인생이 꼭, 전자레인지에 너무
　　　　오래 돌린 잡채처럼.

56.

사람은 강하다. 강해지는 게 아니라
본래 강하다.
사람의 강함은 나무의 뿌리와
같다.
나무는 가만히 있는다.
그런 나무를 가만히 두지 못하는 건
사람이다.

산이 깎이는 모습을 보았다. 그리고
나무의 뿌리가 훤히 드러나 있었다.
그런데도 나무는 여전히 강해 보였고
실제로 강했다. 뿌리를 지탱했던
만물이 적잖이 쓸려 갔는데도
꿋꿋이 가만히 있는다.
나무의 뿌리는 강하다.

저 나무는 언젠가

쓰러질 수 있다. 그래서 훗날엔
베어져 원래 형체를
못 알아보게 될 수도 있겠다.
그러나 혹여 그 뿌리까지
훼손된다고 해서
뿌리의 가치가 훼손되는 건
아니다.

나무에겐 뿌리가 있고,
나무의 몸통과 줄기를 지탱하는 것도
뿌리이며,
잎사귀와 열매를 피워내는 것도
뿌리다. 형체상 훼손될지라도,
나무에게 뿌리가 있다는 건
변치 않는 사실이며
뿌리 자체가 곧 가치이기에
뿌리는 영원히 강하다.

헤밍웨이는
'인간은 파멸될지라도

굴복할 수 없다'고 했지만
내 생각은 다르다.
인간은 패배할지라도
파멸되지 않는다.

왜?
인간은 애초에 강해서.
누군가가 그를 깎아내릴지언정
그는 식물이 아닌 인간이기에
훼손은 형체가 될 수 없다.
관념이라고 할 수도 없다.
그냥 의견에 불과하다.
건전한 비판도 아니다.
원색적 비난일 뿐이다.

그러니까 인간은
강하다.
인간은 '사람이라서'
상처받을 수 있다.
하지만 그 무엇도, 그 누구도

인간을 훼손할 수는 없다.
왜? 인간이기 때문에,
그리고 그 인간이 태초부터
강하기 때문에.

57.

악몽을 꿔서 땀에 젖은 채
벌떡 깬 다음 엄마를 찾는 아이처럼,
나도 출처와 실체도 모를 괴로움에
시달리다 불현듯 정신없이 그를 찾아
헤맬 때가 있다. 그러면 그는 늘
같은 자리에 있다. 또 그 자리에
더 이상 없다.

그 자리를 너무 쓰다듬어,
민둥맨둥해진 그 자리엔 이제
풀 한 포기 자라지 않는다.
그 자리의 새로운 주인으로는
그 누구도, 그 어떤 것도
메우지 못할 것이다.
그 자리는 비어 있다.
나는 비어 있는 자리를 쓰다듬는다.

다르겠지, 다를 거야, 하지만
여전히 같은 것 같은 하루를
무기력과 함께 끝으로 맺는다.
하루의 끝은 하루의 시작이기도 하다.
하루의 시작은 무기력과 함께
풀어진다. 여전함이 떠돌았던
오늘의
푸른 밤이다.

나의 수고로움에 엄격한 잣대를
들이대지 않았던 사람의
여리고도 풍성한 목소리는 미련 없이
뒤로 눕는 나의 안을
욕조의 물이 빈틈없이 감싸듯이 어린다.
목소리의 손길이 나와 숨을 맞춘다.
나는 그와 같은 세상에 있다.
그 세상에선 나의 수고했음이
빈틈없다.

밤을 넘어 따뜻하지 않은 새벽에

우울시계의 날카로운 시침과 분침과 초침을
맹목적으로 돌리고 돌리면 들려오는
그의 목소리: 잊혀진다니까, 그땐
그게 전분 줄 알았는데.

다시 돌아온다는 말은 정녕
예쁜 말인가요. 다시 돌아와도
당신은 내 곁에 있을 건가요.
변함밖에 없는 세상에
다시 돌아와도 그대로인 그.
다시 돌아온다는 말은 정말
예쁜 말이군요. 다시 돌아올 때마다
안아주고, 눈물 닦아 줄게요.
알아 줄게요. 그러니 돌아와 줘요.
돌아 올게요.

나는 매일 그라는 자리의
옆자리에 앉아
빈자리를 가득 메울 그리움으로
그 자리를 쓰다듬는다.

그는

그 자리에 없다. 그러나

그 자리에 늘 있다.

동이 튼다.

:: *in homage to* 종현 ::

58.

마녀 배달부 '키키'가
잘 날아다니다가 갑자기
날지 못하게 되고 그러다가
우연찮은 기회로 다시 날게 되는,
그 일련의 과정을, 그 이유를
혹시 아실는지.
키키는 단순히 자신감 부족으로
날지 못하게 된 것이 아니다.

영화는 암시적이고, 압축적이고,
생략적이며, 사적이다.
영화가 매력적인 이유는
모든 걸 설명하지 않기 때문이다.
그러나, 아주 가끔은 영화가
조금 더 설명해주면 좋겠다고
생각한다. 이 키키가 이에
해당된다. 키키는 원래

어린이를 위한 만화동화다.
그러니 영화로만 키키를
만났다면 완전히 이해할 수 없다.
키키는 엄연히 책의
주인공이다.

책에 따르면,
"마녀라면 뭐든 할 줄 안다고
생각하지 마세요. 그렇게 단정 지으면
제가 힘들어져요. 전 보통 사람과 별반
다르지 않으니까요. 코끼리도 저렇게
큰 몸을 하고 있지만, 언제나 갇혀 있기만 하면
불쌍하잖아요."*
키키는 주위로부터 마녀로서 정의 당했다.
영화를 보면 노골적으로 마녀로서의 정체성을
강요받지는 않지만, 키키는 스스로
'마녀라면 ~해야 한다'는 식의 틀에서만
움직였다. 엄마 같은 마녀, 선배 마녀 같은 마녀를
본보기로 삼았고, 마녀라면 할 법한 빗자루 타기로
아르바이트를 했고, 몇몇 마을 사람들이 본인을

마녀로 의식하는 걸 민감하게 인식했다.

어느 날이긴 했지만, 마녀로서의 정형성에서
헤어나오지 못하는 키키가 빗자루를 타고
날지 못하는 건 뜻밖의 우연이 아닌 필연이다.
키키의 이야기에선, 사실 어느 누구에게나
해당되지만, 날지 못하는 이유보다
날아야 하는 이유가 더 중요하다. 키키가
다시 날게 된 건 키키의 친구 톰보를
구하기 위해서 날아야 했기 때문이다.
키키는 그전까지 마녀라면 엄마처럼,
선배 마녀처럼 수련을 거쳐야 하고, 사람들이
생각하는 마녀처럼 입고 날아야 한다고
믿었다. 그러나 본인의 경험이 부재한
믿음은 꽤 불완전하다.

키키에게 하늘을 날 수 있는
마녀의 힘이 있었지만
힘은 마녀로서의 자격이 되기엔
부족했다. 곧 바닥으로 떨어질

톰보를 구할 수 있는 건
키키뿐이었다. 그 순간,
키키에겐 그럴싸한 겉치레와
그럴 듯한 기대 대신 본인의
능력을 이용해서 누군가를
돕고 싶다는 마음이 생겼다.
키키는 다른 이의 밀걸레를
빌려 날아 톰보를 구한다.
이게 바로 키키의
마녀다. 키키만이 될 수 있는
마녀다.

때때로, 비치는 모습이나 형상보다도
정확한 말 한 마디가 효과적인 법인데,
그 순간이 이러하다. 책은 전달한다.
'"그렇지만 내가 나는 건 빗자루 때문이
아니야. 마녀니까 나는 거야." 키키는
자신의 힘을 믿고 싶었습니다.'**
'이제는 키키도 알 것 같습니다.
키키의 마음에 힘이 있으면

빗자루에 그 마음이 전해진다는 걸.'***

키키는 자신이 빗자루를 타고
날아야 하는 마녀라는 걸
알게 되었다, 누구한테 배우지 않고,
누구를 닮으려 들지 않고, 누구의 말에도
휘둘리지 않고 말이다.

기대에 부응하지 않아도
괜찮다. 기대에 부응하는 데
애쓸 힘을 자기 자신을
부흥시키는 데 쓴다면
되레 사람들을 깜짝
놀래킬 수 있다.
'선물 줄게' 듣고 선물 받을 때보다
선물 줄지 몰랐는데 선물 받을 때
더 기쁘다는 걸
왜 자꾸 잊을까.

남이 나에게 걸고, 내가 나에게 거는
기대에 부응하지 않을 수 있는 방법은

******가도노 에이코(角野栄子). 아동 문학 *마녀배달부 키키(魔女の宅急便)*. 권남희 옮김. 소년한길. 2011. 50, 34, 293쪽

자기 자신의 쓸모를 어떻게 해야
발현시키고 펼칠 수 있을까,
그 이유를 찾고 믿는 것. 본인을 포함한
모두에게 그렇게 깜짝 선물이 되라.
기대하는 날 과감히 보낼 때
내가 보인다.

59.

하루가 아스라진다.

부서진다.

녹아내린다.

삭는다.

깨진다.

갈린다.

찢어진다.

닳는다.

해어진다.

뭉개진다.

60.

올라프는 참 천진난만하다.
처음 보는 이들에게 자기소개로
이름 말고도
"따뜻한 포옹을 좋아해!"*라는
고백을 표한다.
심각한 상황에선 인간들은
심각해 죽는데 올라프는
그 가운데서 유머러스하고 밝다.

올라프의 천진난만함에 대고
대책 없고 막무가내라고
눈을 흘기고
'얘가 참 세상물정 모르네'
혀를 끌끌 차고 싶었지만 그러지 않았다.
그전에 이 일말의 티끌조차
없는 새하얀 생명체가
딱 한 번 진지했을 때

가상이라도 내가 뭐라

대꾸할 수 없었기 때문이다.

"넌 참사랑(True Love)이 뭔지

정말 모르는구나?"*** 이 한 마디에

속이 얼마나 뜨끔하던지!

엘사, 안나, 크리스토프만

그런 줄 알았는데

올라프보다 많이 살고

올라프보다 험한 꼴을 더 당한

나도 참사랑이 뭔지

모른다. 혹은, 알지만

참사랑할 용기가 부족했던 걸까.

올라프가 안나와 크리스토프에게

여름을 좋아한다며

여름이 오면 얼마나 좋을까

노래 부를 당시 나는 속으로

'쟤는 자기가 손해볼 일을

왜 바라는 거야?' 의아해했다.

***감독 크리스 벅(Christopher Buck), 제니퍼 리(Jennifer Lee). 영화 겨울왕국(Frozen). 제작
Walt Disney Pictures, Walt Disney Animation Studios. 2013

당연한 진리인 게, 눈이든 얼음이든
열에 녹는 게 맞지 않나?
여름이 오면 자기는 사라질 텐데,
그럼 더 이상 존재하지 않는 건데,
겨울이 지속되길 바래야 하는 게
맞지 않나?

그런데 우리 사랑스런 올라프는
사랑하는 사람을 위해 기꺼이 녹아줄 수 있는 게
사랑이라 하고, 여름을 되찾은 날이
생애 최고의 날이라 한다. 녹으면 어떡해!
그러게, 따뜻해지면 다 올라프 손해라니까!
그렇지만 손해에 관해서 말인데,
이순재 배우님은 손해 좀 본 듯 살아도
괜찮다고 했다. 눈이 번쩍 뜨인다.

'내가 이만큼 했으니까,'
'내가 이렇게까지 노력했으니까'
뭔가 얻겠지, 돌아오겠지
바라는 보상논리로 살았더니

보답과 기약 없는 노력이 점점
벅차고 미워졌다. 그렇게
내가 어떤 노력도 계속하는 게
의미가 없는 것 같았는데
'장사 하루 이틀 하냐'*는 이순재 배우님의
말씀에 나의 노력에 관해서
혀를 놀리려던 마음이 쏙 들어갔다.

내가 나의 노력이 빛을 보길 바랬던 건지,
그저 자로 재고 잇속을 챙기려고 했던 건
아니었을지 나의 마음가짐에 대한
순도가 의심되었다. 진정 이루고자 하는 게
있다면 나의 노력이 성공하든 말든
계속 사랑하는 게 맞지 않을까.
노력을 그치지 않아야 참사랑이 아닐까.

그냥 나는 삶이
꼬박꼬박 주어지는
월급인 줄 알았지.
그런데 오히려

*예능 프로그램 *인생술집*. 88회. 기획 안상휘. 연출 박경훈. tvN. 2018년 9월 13일 방영

보너스에 가까운 것 같다.
공짜는 절대 아니고
내가 잘해야 주는
보너스가 나의
하루하루인 거다. 보너스는
당연히 주어지지 않는다.

그리고 그 '잘하다'의 의미는
서툶이 전혀 없다는 뜻이
아닐 것이다. 우리 모두
잘하는 게 있겠지만서두
실수도 하고, 서툴고,
쉽게 이루어지는 게 없다고
좌절하는 하루 속에서도
끊임없이 자기 자신이었다면
그 하루 잘 살아낸 거다.

어떤 하루는 너무 엉망이어서
내일이 막막하게 느껴지지만,
손해를 부정하지 않고

모든 과정과 감정을 사랑하려는

노력을 멈추지 않는다면

오늘이 될 내일이 몹시도 고무적으로

느껴지지 않을까. 그러니까

손해 좀 보면 어때.

하루 이틀 살았니. 사랑하면

손해일 수가 없는데.

손해 보는 걸 두려워하지 않는 올라프는

결국 녹지 않게 된다. 엘사가

전용 눈구름을 만들어 준다.

이게 보상도, 기적도 아니면 뭐냐고?

잠깐만. 사실

올라프는 이제 전용 눈구름이 필요 없다.

엘사의 힘이 강해져서 올라프의 몸에

얼음 코팅이 되어 있다! 그런데도

이게 보상도, 기적도 아니면 뭐냐고?

만물이 태어나고

피어나는 논리는

보상논리가 아니다.
그건 태어나고 피어날
차례가 된 거다.
엄마한테 겨울은
좋은 게 뭐고 왜 필요하냐고
질문한 적이 있다. 엄마의 답은
"봄에 깨어나려고
동물은 자야 하고
땅은 씨앗을 품고 있는 거야."

잠의 다음 차례는
깸이고 그 다음 차례는
움직임이다.
씨앗의 다음 차례는
아래로는 뿌리를 내리고
위로는 새싹을 올려내는 거다.
그럼, 눈사람의 세계에선
탄생 다음 차례가
전용 눈구름이고 그 다음 차례가
얼음 코팅인가 보지. 한낱 인간이

그쪽 세계를 어찌 알겠어.

노력하며 사랑하며
기다리면
반드시 차례가 오길 마련이다.
우리 올라프가 차례차례
잘 나아가는 데에는 엘사가 있다.
올라프를 유지시키는 건 엘사의 힘이긴 한데
올라프가 탄생하게 된 건 엘사의 참사랑이다.
엘사는 안나와 놀다가 올라프를 만들었고,
안타까운 사고에 안나의 기억이 지워져야 했을 때도
올라프는 마법의 놀음이 없어도 수제로 만들 수 있는
존재여서 올라프만큼은 안나의 기억 속에 남았다.

자신의 힘을 두려워하며
도망갔을 적에도 기저엔
동생을 해치고 싶지 않다는
마음이 깔려 있다. 그래서
올라프를 무의식적으로 만든 거다.
올라프가 참사랑을 아는 건

엘사로부터 비롯된 거다.

올라프는 엘사의 참사랑의

투영인 셈이다.

동시에, 올라프를 눈뭉치에서 생명체로

탄생시킨 건 엘사가 마음껏 힘을

발휘하게 되었기 때문이다.

엘사가 그제껏 힘을 억누르려고 했던 이유는

두려움이다. 사랑하는 이를 해칠까 봐, 힘을

감당하지 못할까 봐, 혹은 다스리지 못할까 봐

두려워했던 자신을 떠나 보내니, 있는 그대로여도

최고인 자신이 드러나는 건 '다음 차례'인

동시에 필연이었다. 올라프는 결국 본성이기도 한 것이다.

그러니 엘사가 강해질수록, 본성을 발휘할수록

그에 따라 올라프가 녹지 않는 게 당연해진다.

정리하자면,

올라프 자체는

참사랑이자 본성이고,

참사랑과 본성이

사랑하고 본성을 발휘하는 건
참사랑이고 본성이어서
손해가 될 수 없다.
그러니까 그 손해라는 건
외부의 시각일 뿐이지,
내가 사랑하고 본성을 발휘하기를
그치지 않으면 그 누구도
'손해'라고 명명할 수 없다.

차가운 눈으로 이루어졌으면서
따뜻한 포옹을 좋아하고
녹는 걸 두려워 아니하고
여름을 꿈꿨던
올라프처럼
살면 된다.
'손해 본 듯 살면 좀 어때' 한 마디에
추위는 우릴 괴롭힐 수 없을 테니까.

부디
추억에는 빙봉을,

마음에는 올라프를 품어라.
녹기를 두려워 마라.

61.

보이는구나,
보이겠구나.
멀리서 올려다보는데
내부가 훤히 보이는 듯싶었다.
창 가까이 뭐가 있는지
알 것 같았고,
창 가까이 왔다가 멀어지는
실체가, 정확히는 검은 실루엣이
보였다. 생각보다 잘
드러났구나. 몰랐다.

못 보겠지.
안 보이겠지.
멀리서 보면 이 안에서
내가 정확히 뭘 하는지
모르겠지. 저 멀리선
알고 있다고 확신하겠지만

내가 어찌할 방도 있나.

착각하도록 내버려두는 수밖에.

보는 것만이 전부일 순 없지.

62.

눈치챘을 땐 사실 이미 늦었다.

그러다고 불치(不治)는 아니다.

난치(難治)다.

지금 난 게으름에 대해 이야기하는 바다.

난 치우는 게 귀찮아 어지르는 건 고사하고

저지르는 것도 싫어졌다. 그렇다고

가만히 있지는 않지만 그렇다고 해서

적극적으로 치우지도 않게 됐다. 그렇다고 해서

누가 나 대신 치워주길 바라지도 않는다.

내가 치우면 몸만 귀찮을 뿐이지만,

남이 치우면 마음이 불편하다.

난 '카오스' 속 '코스모스'라며 물건을 제자리에

두지 않고 간간이 청소하며 모든 걸

늘어놓는 상태에 익숙해졌다.

방은 언제나 치우다 만 어정쩡한

상태에서 벗어나지 못했고,

먼지는 늘 애매하게 쓸고 닦은 탓에

결국 완전히 제거되지 못하고

소리 없이 쌓이는 눈처럼 쌓였다.

그러다가

'이래도 안 치우면 넌 인간도 아냐' 정도에

이르렀다는 게 감지될 때가 온다. 바로,

필요한 물건이 제자리에 없을 때.

물건을 쓰고 엉뚱한 자리에 놓아버려

잃어버린 줄 알고 혼비백산하다가

기억을 더듬어 엉뚱한 자리를 겨우

찾아내는 것이다. 자업자득이다.

물건을 제자리에 갖다 놓는 건

비교적 간단하다. 말 그대로

'물건'을 '제자리'에 '갖다 놓으면' 된다.

이렇게 간단한 일을 왜 그동안

안 하고 미뤘나 자책해도 소용없다.

게으름의 원인도 게으름이고,

게으름의 결과도 게으름이다.

다음이자 마지막으로, 청소기를 돌리고

방을 닦으면 되는데 이는 복잡하진
않은데 번거롭다. 왜냐하면 내가
아무리 청소기를 끝장나게 돌려도
그동안 먼지를 닦다 말다 반복해서
침전물 같은 가장 아래층 먼지는
굳건하기가 따로 없다.

초짜는 물기가 있는 걸레나 물티슈로
한 방에 해결을 보려고 하겠지만
그러다가 황사 빗자국 비슷한 걸
보게 될 거다. 요령은, 일단은
일반 휴지나 청소포로 먼지를 마치
눈삽으로 눈을 쓴다는 느낌으로 쓴다.
이 과정을 최소 두 번 한다. 두 번째에선
손톱과 손가락을 휴지나 청소포로 감싸
구석의 구석에 끼어 있는 먼지까지
잡아낸다는 생각으로 꼼꼼히 쓴다.

그러고는 물티슈나 물걸레로
닦는 거다. 이럴 땐 박박

문지르며 닦는 게 좋다.
이때까지 남아있는 먼지는
공기에 날릴 만큼 가볍지 않고
땅바닥의 껌딱지처럼
붙어 있다고 볼 수 있다.
난 이 단계가 가장 괴롭다.
내가 먼지의 진면모를 모르고
방치한 거다. 그나마 이건
바닥이나 가구 위의 먼지라서
이 정도지 책에 쌓인 먼지는
일일이 탁탁 터는 단계를
거쳐야 하고, 나뭇결이 살아 있는
가구의 경우엔 헝겊으로 우선 살살
쓸어도 나무의 거친 결이 헝겊을
뚫을 수 있다.

어쨌든 다시 본론으로 돌아가서,
마지막엔 깨끗한 휴지나 청소포로
물기가 남지 않도록 깔끔히
닦아낸다. 그렇게 먼지 한 점 없는

본연의 모습을 되찾는다고 생각하겠지만,
오산이다. 먼지의 첫 층이 너무 오래
쌓인 불운한 부분은 먼지가 흡수된 것처럼
살짝 희뿌옇게 바래 있다. 게으름에 대한
죗값이다. 먼지는 가벼우니까,
날아올 만큼 가벼우니깐 당장 닦지 않아도
금방 닦일 거라 믿었지만 그 가벼운
먼지는 끝내 무겁다.

먼지가 웬만큼 쌓일 때 청소하면
먼지는 먼지에 불과하지만,
그렇지 않다면 먼지에도 무게가 더해져
빚이 된다. 해소되지 않으면 감당하기
어려워진다. 그러니 먼지가 먼지일 때
청소해야 한다.
용기라는 것도 이와 같은 맥락이다.
용기의 크기는 애초에 작다. 나태해서
그때그때 용기를 해소하지 못한다면,
용기의 크기는 감당하지 못할 정도로 커져
감당하기가 절대 가뿐하지 않을 것이다.

혹은, 그 두께조차 두꺼워져

먼지가 덮어버린 존재의 형체를

제대로 알아볼 수 없을지도 모른다.

먼지가 먼지에 불과할 때,

그러니까 용기의 크기가 작을수록

게으름에 망설이지 말고

얼른 해소시켜야 한다.

작은 용기 앞에서 나태해진다면

큰 용기의 무게를 감당해야 한다.

용기의 크기는 작을수록 좋다.

용기의 크기가 커질수록

부담만 커질 뿐이다.

그러니 용기를 미루는 게으름은

스스로를 카오스에 남길 것이다.

사소함을 무시하면

그 사소함에 무너진다.

63.

신호등이 파란색으로 바뀌기를
기다리는 3분, 난 내 옆에 서 있는
한 중년 남성에게 시선을 빼앗겼다.
작업복을 입고 자전거를 타고 있는 모습은
흔히 볼 법한 장면이었지만,
다른 장면들과 구별되는 점은
노란색 모자와 사자 같은 인상이었다.

노란색 모자 위엔 그다지 세심하지 않은
박음질로 'nice'가 박혀 있었다.
조화롭지 않은 조합인데,
흐릿하고 꿀꿀한 하늘 위 갑작스레
모습을 드러낸 금빛 태양과 같은 느낌이
매력이었다. 그 매력을 빛내는 건
그분의 사자와 같은 기세였다.

신호등 불이 파란색으로

바뀌자마자 뛰쳐나갈
사자처럼 두 손은
자전거의 손잡이를 꽉 쥐고
두 눈은 신호등을 향해
맹렬히 째려보고 있었다.
신호등은 파란색으로 바뀌었고
'nice' 모자를 쓴 사자는
매서운 기세로 돌진했다.

64.

나에게 재주라면 재주랄 법한
요상한 재주가 있다.
손아귀 힘을 주체 못한다.
그렇게 쓸모가 없는 재능은 아니다.
다른 사람들 안마해주고
점수를 딴다거나,
안 열리는 잼 뚜껑은
내 몫이다.

그런데, 하여튼, 함정은
힘을 주체 못한다는 점이다.
잼 뚜껑이든 콜라 병 뚜껑이든
제대로 닫아야 하는데
그건 문제가 아니다.
너무 잘 잠가서 문제다.
내가 잠그고 못 연다.
내가 잠근 뚜껑, 늘 내가 못 열어서

실랑이다.

맨손으로 안 돼서
가위, 고무장갑, 뜨거운 물까지
활용해야 한다. 그렇게 겨우
열고 나면 나의 요상한 재주의
무식한 힘 놀음에 기진맥진해 있다.
이보다 더한 자업자득은 없다.
내가 잠갔는데 내가 못 연다니.

65.

속담엔 선견지명이 녹아 들어 있다.
인간의 뿌리깊은 본성에 대한
선견지명이다. 그런데 선조들께선
인간을 둘러싼 환경이 이리도
변할 줄은 예상은 못 하셨던 것 같다.
예를 들면, 조삼모사는 이제
'조금 모르면 삼 번 아예 모르면 사 번'이란
뜻도 된단다. '아니 땐 굴뚝에 연기 날까'는
이제 '아니 땐 굴뚝에도 연기 잘 난다'고
바뀌어도 전혀 무방하다.
세상이 바뀌니, 바뀌지 않을 것 같던
것들도 바뀐다.

한편, 속담은 그대로되
의미가 확장되었으면 싶은 게 있다.
'한 우물만 파라'는 말은
요즘 '한 우물만 파면 망한다'는 말로

바뀐 듯한데, 나도 큰 이견이
있는 건 아니다. 내가 우물을 파는지
무덤을 파는 건지 무섭기 때문이다.
하지만, 이건 어떤가, 우물 기껏 팠는데
아니다 싶으면 거기다 흙 좀 다시 메우고
장독을 묻는 건? 물은 안 솟아 나와도
나에게 영양을 주는 음식이 그 안에
맛있게 숙성되니 나름 이롭다고 본다.
그러니까, '한 우물 파서 물 안 솟아도
장독이라도 묻으면 피가 되고 살이 된다.'

개인적으로 '돌다리도 두들겨 보고
건너라'는 속담이 가장 빨리
바뀌어야 하지 않을까 생각한다.
돌다리를 단순히 두들기는 것만으로는
안심을 더 이상 담보하지 않는
세상이 도래한 지 오래되었기 때문이다.
돌다리를 손으로라도 힘 있게
눌러 보거나, 그렇지 않으면
돌다리에 직접 발을 딛고

혹시라도 돌다리가 물 속으로 쏙
빠질 걸 대비해 수영을 조금이라도
미리 배워 두든가, 번지점프처럼
장치를 해 두든가 하는 식이 조금 더
안전할 듯싶다. 어쨌든 내 요지는
'돌다리 두들겨 봤자'다.

한국 속담은 아닌데 'go with the flow'
라고 '흐름에 맡겨라'라는 잠언이 있다.
이 잠언에도 크게 반대하는 입장은
아닌데, 물론 이해도 가고, 다만 주체를 다르게
삼으면 어떨까 제안한다. 불분명한
주체가 지배하는 흐름에 맡기는 순응도
좋겠지만, 내가 그 주체라 믿고
흐름을 주도해 보면 어떨는지.
나의 힘으로 흐름을 생성하고 그 흐름에
몸을 맡기면 자연스럽기도 하고 무엇보다
즐겁기까지 하다. 주체가 나일 때
제아무리 오래된 것들도 변하기 마련이다.

66.

피자집은 길거리와 같은 높이에
있지 않다. 계단을 두 개나 올라야 한다.
계단을 올라야 피자집에 바로 들어갈 수
있는 건 아니다. 세 걸음을 걸어야 한다.
피자집은 다른 가게와 같은 높이에
있지 않아서 피자를 주문하고
포장을 기다리는 사람이 누군지
단번에 알 수 있다. 피자를 안 사면
두 계단 위 세 걸음 더 걸어 들어가는
저 층에 있을 이유가 없다.

여하튼, 저 위에
한 중년 남성이 서 있다.
얼굴엔 주름이 많았는데
덕분에 얼굴이 입체적으로 보였다.
미간에 주름이 잡혔는데
무엇에 집중하고 있어서 그런 것 같았다.

그런데 그 '무엇'이
담배 때문인지 책 때문인지 나로선
알 수 없었다.

비흡연자인 내가 봐도
담배를 맛있게 피우셨다. 그렇게
한 손엔 담배를 쥐고는,
다른 한 손엔 책을 놓지 않으셨다.
시선을 책에서 떼지 않으셨다.
한 손으로 책을 잡은 동시에
능숙하게 같은 손의 손가락으로
책장을 넘기셨다. 한 장 한 장 넘기는
속도는 꽤 빨랐다. 열혈 독서가를
본 게 얼마만인지!

무슨 책이길래 저리 집중하실까
난 책을 알아보고 싶었지만,
무라카미 하루키의 '노르웨이의 숲'이
'노르웨이의 숲' 대신 '상실의 시대'로
번역되던 시절의 책처럼

어딘가 촌스럽고 어색한 느낌을 자아내는
책은 심지어 오래되어 헤져 있었다.
대단히 낡은 책이라는 건
멀리서도 보이는 누런 종이 때문에 분명했다.
나는 모르는 재미를 저분은 혼자서
만끽하는구나 싶어 부러웠다.

두 손 전부
자신의 할일을 분주히 해냈다.
한 손엔 담배가,
한 손엔 책이 몹시도
안정감 있게 받쳐 있었다.
두 손 전부 바빴지만
담배가 있는 손은 여유가 넘쳤고,
책이 있는 손은 카레이서가
레이싱 카를 모는 듯한 속도감이 느껴졌다.
환상의 합이었다. 짜릿했다.

배부르단 느낌은
저런 것이고나!

배부른 소크라테스가 저기
있도다.
배부름에 있어,
피자 가게 앞 제일 가는 부자는
저분이었다.
어떤 피자를 주문하셨을는지
전혀 궁금하지 않아도
내 속이 다 뿌듯했다.

67.

사람은 무엇으로 설명되는가.
브리야 사바랭은 이렇게 말했다고 한다.
"당신이 먹은 것이 무엇인지 말해달라.
그러면 당신이 어떤 사람인지 말해주겠다."
사르트르는 이런 의미를 남겼다.
'우리는 우리가 내린 결정이다.'
난 이렇게 생각한다.
'우린 질문 그 자체다.'

나는
많은 이들이 답을 강요 받으며 컸다고
생각한다. 그러나 그 답은 독창성에
기대고 있다기보다는 이미 정해진 답에
가까웠다. 답은 정해져 있었고 당신은
대답만 하면 되는 식이었다. 질문의
근본적인 의미 대신 출제자의 의도를
파악해서 출제자 마음에 들어할 만한

대답을 해야 좋은 점수를 얻는
시스템이 지천에 깔려 있었다.

질문은 문제로 치환해 일컬을 수 있다.
사지선다형과 오지선다형 문제상에선
어떤 답이든 골라야 한다. 답의 후보 중
오답의 개수가 정답의 개수보다
많은 건 어떤 경우에도 변함없다.
게다가 출제자의 의도도 파악해야 한다.
이런 문제는 문제로 남아야 한다.
질문이라 불리어서는 안 된다. 이유는,
대답자의 견해가 반영되어 있지 않고
그나마 제공된 선택들도 옳고 틀림을
극단으로 오갈 뿐이기 때문이다.

그럼 서술형 문제나 면접 질문은
어떤가. 더 이상의 논의는
무의미하다. 질문이 질문일 때는
질문자가 선호하는 대답을 피질문자가
기계처럼 늘어 놓을 때가 아니다.

질문은 대답을 갈구해선 안 된다.
질문이 질문일 때는 피질문자가
질문의 표현보다도 질문 본연의 의미를
능력껏 해석해 서투르건 유창하건
자신의 뜻을 전달할 때다.

이때 질문의 권위가 비로소
보장된다고 여길 수 있나.
대답이 무조건 존재할 때
질문이 유효한가.
질문과 대답 간의 관계에서
주의해야 할 점은
대답은 질문에 대한 정의가
아니라는 점이다. 피질문자가
어떤 대답을 해도
어떤 대답도 질문을 정의할 수 없다.
만고불변의 진리가 없기 때문이다.

자신의 뜻을 전달하는 행위엔
질문에 꼬박꼬박 답하는 것만이

전부가 아니다.
질문 자체에 의문을 갖는 것,
질문에 질문하는 것,
질문을 거부하는 것
전부 질문을 대하는 태도다.
그리고 그 태도는 그때그때
달라야 함이 맞다.

고로,
질문에 답이 필수적이지 않아도
괜찮다.
질문에 답이 없어도
괜찮다. 어떤 답이어도
상관없기 때문이다. 따라서,
본질은 질문 자체에 상주한다.
나는 어떤 질문인가.
나는 어떤 질문을 품고 있는가.
나의 질문에 따라 나 자신,
세상과 세계, 사회가 요동친다.

나는 어떤 질문인가

늘 상기하기를 주저마라. 또한,

질문에 대한 답을 고정시키지 마라.

질문에 의문이 들면 질문을 소멸해라.

질문에 질문하라. 예를 들면 이렇게,

어떻게 살지? → 어떻게 살지.

왜 관심을 두지? → 관심을 두지 않으면?

질문에 대한 답을 빈칸으로 둬라.

질문에 대한 태도에 한계 짓지 마라.

나는 어떤 질문인가.

나는 질문함으로써 존재한다.

'나'라는 질문은 어떤 행동을 불러 일으키는가.

나는 질문 그 자체다.

나는 어떤 질문을 갖고 태어나 살아가는가.

나는 어떤 질문이 되어야 하는가.

나는 질문이다.

나는 어떤 질문인가.

68.

이미 봤던 영화와 책을
또 반복해서 보기를 좋아한다.
일정 횟수를 넘어가면
영화를 보고 책을 읽는 도중
'아, 이제 이 부분이 나오겠다'
설레고 기대되고 긴장되며
무엇보다 아예 몰랐을 때보다
더 재미있게 느껴진다.

마치 약속과 같달까.
우연도 운명도 아닌 약속이다.
걷는 걸 좋아해 저 멀리서
집까지 걸어가다 보면 어느새
발걸음을 재촉하는 나 자신을 본다.
마음은 '힘들어서 빨리 걷는다'지만
머리로 볼 땐 말도 안 된다.
힘들면 잠시 쉬거나

천천히 걷는 게 맞는 것 같은데.

따지고 보면 목적지가
내가 모르는 곳도 아니고
집인데, 내가 빨리 걷든 말든
영원히 그 자리에 있을
집인데 서두를 이유가 없다.
나의 목적지가
내가 원하는 때에 없으면
어쩌지 노심초사하는 마음이
이렇게도, 집을 목전에 두었을 때도
불시에 튀어나온다.

그러나 내 마음이 혼자
달린다고 해서 집이 직접
내 앞으로 걸어오지 않는다.
그저 나의 속도대로,
심지어 갑자기 멈춰선다든가,
느닷없이 달리고, 또 어딜
잠시 들린다 해도

집은 약속된 곳에 있다.
내가 내 속도대로 가면
반드시 집에 도착하게 되는 건
이미 정해진 약속이다.

그러니까, 약속을 기억하면
안심하고 여정을 즐길 수 있다.
'키다리 아저씨'의 '주디'는
인생을 미리 알면 무슨 재미로
사느냐고 했지만, 물론 사사건건
모든 약속을 알면 너무 섬뜩하지만,
나에게 있어 몇 가지 중요한 약속은
반드시 지켜질 거라 믿으면
그에 이르는 여정 위 모든 일들을
웃어 넘길 수 있지 않을까.

약속은 지켜지라고 있는 거다.
믿은 만큼 다가오고
믿는 만큼 다가간다.
마치 '네가 오후 네 시에 온다면

난 세 시부터 행복하기 시작'
할 거라던 여우처럼
나는 약속 시간 전의 시간도
즐겁다.

69.

이런 글을 읽은 적이 있다.
'스티브 잡스가 폭발할 조짐을 보이면
우린 그를 얼른 산책을 보냈죠.
그는 산책을 다녀오면 다시
침착해졌고 회의를 무사히
마칠 수 있었습니다.'
출처나 누가 말했는지 정확히
생각은 안 나는데 이와 상관없이
믿음이 간다. 스티브 잡스가 산책을
사랑했다는 건 워낙 잘 알려진
사실이기도 했지만 이와 상관없이
나도 '산책'을 하기 때문이다.

산책을 하다 보면
걷거나 뛰고 주변을 둘러보는 행동 외에
다른 행동, 예를 들면 스마트폰을 보며
걷는다든가 자전거 위에서 사진을 찍으며

앞으로 나아간다든가 등 즉 동시에
두 가지 행동을 할 수 없다.
정확히 말하면, 엄두를 못 내겠다.
동시에 두 가지 행동을 하면
내가 가고 있는 길과 그를 둘러싼 상황에
놀라울 정도로 무신경해진다.
다른 말로 하면, 위험하다.
스마트폰을 보다가 걸으면 앞서 다가오는 모든 게
장애물이 되고, 자전거 타면서 사진 찍다가
차가 달리는 도로 위로 떨어질 뻔했다.

산책을 할 땐
산책만 해야 한다.
산책만 하면 경이롭게도
나와 나를 둘러싼 주위에
집중이 된다. 갑자기
무의식적으로 굽었던 허리가
신경 쓰이고, 바람이 느껴지고,
어디에 꽃이 새로 피어났고,
나뭇잎이 그새 얼마나 자랐는지

보이고, 도로엔 무슨 차가 다니고,
길거리엔 누가 걷고 있는지
시선을 지루하지 않게끔
둘 수 있다.

그렇게 조용조용 산책을 이어 나가면
문득 저 멀리 보이는 게 무엇인지
궁금해지는 순간이 와 두 눈으로 직접
볼 때까지 산책한다. 그리고 마침내
내가 바로 눈 앞에서 보고 싶었던 게
무엇인지 직접 확인하면 산책을
'여기까지만 해도 좋다'고 느낀다.
되돌아가기 위해 뒤를 돌면 내가
어디까지 산책을 온 건지 보인다.
그리고 왔던 길 그대로 다시 걸어 간다.
그러면서 아까 봤던 것들을 다시 다르게
본다.

산책을 갔다 오면 늘 느낀다.
내가 이 산책 이전에 과연 정말

집중했던 걸까 의뭉스럽고,
이만큼이나 다녀온 산책이 자랑스럽고,
내가 이 산책 이전에
집중한답시고 이것저것 정신을
심란하게 두었구나 겸연쩍다.
한 마디로, 집중의 힘을 느끼고
부차적인 요소들을 치운 후
내가 해야 할 일에 집중하게 된다.

이 산책은 고민이며
산책길의 길이는 고민의 깊이다.
답이 도저히 나오지 않을 땐
생각을 전환시켜야 한다지만
나는 좀 다르다.
답은 고민한 만큼 나온다.
혹자는 내가 고민을 너무 많이 한다고들
나무라지만, 부정하지 않겠다만, 어쨌든
고민은 나쁜 게 아니다. 너무 깊은 고민은
괴롭겠지만, 어디까지 가야 답을 볼지
아는 고민의 길이는 산책하는 자에게

주어진 선물이다.

나의 고민 길이가
길고 깊다 한들,
내가 그만큼 어리석고
아직은 부족한 사람인가 보다
그러려니 한다. 비난에
산책을 그치기엔 난 이미
산책의 재미를 알아버렸다.
산책한 만큼
답이 나온다.
본인에게 적절한 산책의
깊이는 본인이 결정해야 한다.

70.

난 포춘 쿠키 안의 메시지가
조금 시시하다고 생각했다.
운세면 몰라도 그냥 사람 기분 좋으라고
건네 주는 서비스 그 이상 그 이하도
아닌 것 같다.
운명이라 하기엔 마음 크게 먹지 않아도
포춘 쿠키 두어 개 정도는 더 먹어도
큰일 날 일은 아니지 않나.

그런 포춘 쿠키처럼
새해가 되는 건 참 시시하다고
생각했다. 크리스마스의 온기는
크리스마스가 지나자마자
'곧' 새해라는 이유로
내팽개치고 깨끗하고 신선한
마음가짐을 취하는 우리네 분위기는
어쩜 강산이 두 번 변하는 시간을

살았는데도 이토록 적응이 안 되니, 원.

막말로, 12월 31일과 1월 1일은
그냥 하루 차이 아닌가. 1월 1일에
뜨는 해는 나머지 364일과는
다르게 요란뻑적지근하게 빛을
내며 떠오르는 것도 아닌데 말이다.
하루가 바뀌는 건 똑같은데
사람들이 12월 31일이라고 감사의 마음을 갖고
1월 1일이라고 새해 다짐을 하는 걸
이해하기 어려웠다. 그렇지만,
사람들에게 새해란 포춘 쿠키 같은 의미가
아니었을까 싶기도 하다.

강인선 기자님이
주말뉴스 부장을 했던 시절의
편집장 레터를 즐겨 읽었는데
그 중 포춘 쿠키를 다룬 글이
아직도 기억에 남는다.
'한때는 포춘 쿠키를 잔뜩 사다가

집에 두고 가끔 열어 볼까
생각한 적도 있습니다.
좋은 얘기만 들어 있으니
매일매일을 운 좋은 날로
만들 수 있을 테니깐요.'*

두고두고 좋은 글이라고 생각했지만
곰곰이 생각해보니 좋은 생각이기까지도 하다.
하루뿐인 포춘 쿠키는 너무 아쉽다.
매일 새해를 맞이한다는 마음으로
잠들기 전 감사하고 눈 뜨면 포부를 다지며
그렇게, 1일 말고도 나머지 364일도
포춘 쿠키를 열면 나날이 운 좋은 날이 된다.

가벼운 포춘 쿠키가 바스라지면
그 안에 들어 있는 메시지는 십중팔구
살가웠다. 누군가에겐 안 좋은 일을
쉽게 떨쳐 버릴 수 있을 정도로,
누군가에겐 기운을 북돋아 줄 만큼
아무것도 아니지만 고마운 존재인 것이다.

*강인선. 편집장 레터 *포춘 쿠키*. 조선일보 주말뉴스. 2015

사람들은 포춘 쿠키의 메시지가
포춘 쿠키라는 이유만으로 좋은 존재였던 거다.

생각해보면, 새해라도 없으면
우린 정말 똑같은 날들을 살 것이다.
끝맺음과 시작의 포문인 새해가 있어서
새해가 아니었더라면 감사하지 않을 일에
감사하고 새로 다짐하지 않을 뜻에
새로 다짐할 수 있게 된 것이다.
존재만으로 활력을 불어주는
포춘 쿠키 같은 존재가 새해다.
그것도, 보장된 포춘 쿠키다.

71.

"엄마가 하는 거 잘 봐."
이건 엄마가 나한테 한 말이 아니다.
할머니께서 엄마한테 한 말이다.
순간 화들짝 놀랐다.
엄마가 쓰는 말을 할머니가
토씨 하나 안 틀리고 그대로 쓰신 것도
놀라웠지만, 무엇보다도
목소리가 아예 똑같아서
눈이 번쩍 뜨였다.

할머니가 엄마를 따라한 게 아니다.
엄마가 할머니를 따라한 건
더더욱 아니다. 그냥
엄마가 할머니를 닮은 거다.
난 자식이란 부모가
자기자신을 남겨두는 존재라는
생각이 들었다.

우리는 우리를 사랑해줬던 사람들이
남긴 자취다.

과거는 현재에 흔적을 남긴다.
그래서 문득 현재의 얼굴의
유래가 궁금하면 과거로 잠시
눈길을 돌리면 된다.
'해리 포터'에서 덤블도어는
호크룩스를 찾기 위해 볼드모트의 과거를
쫓았고 해리는 호크룩스를 찾기 위해
볼드모트의 과거와 동시에 덤블도어의 과거도
함께 되짚었다.

나는 왜 글을 쓰게 되었을까.
핵심적인 순간이 있었다.
대학 교수님은 내 글을
논리적이고 재미있다고 말해준
첫 번째 사람이었다.
논술 선생님은 나의 꾸준한 노력에
관심 가지셨고, 무엇보다

"해리가 이제 글에서 자유로워졌구나"
라고 말한 분이셨다.
초등학교 3학년 때 담임 선생님은
날 교외 편지쓰기 대회에 내보냄으로써
나로 하여금 스스로의 가능성에
관심을 두는 계기를 선물하셨다.

'넓은 마당' 어린이집 원감 선생님은
내가 청양을 떠나 대전으로 가기 전
피아노 오르골과 함께
어린 왕자 엽서에 편지를 써서
보내주셨다.
엄마는 크리스마스 때마다
산타인 척하며
나에게 편지를 써 주셨다.
나는 이분들이 심어준 씨앗을
잘 심고 물을 주었고
이제 민들레를 후! 불어
씨앗을 훨훨 날려 보내고자 한다.

72.

정말 너무하다 싶을 정도로
아빠와 닮은 점이 많다.
외모는 물론이고
타고난 성질이 놀랍게도 닮았다.
그런데 이 점까지 닮았을 거라
생각도 못해봤다. 바로,
과정에 대해 애썼다고
말할 줄 아는 점이다.

아빠가 딸에게 너무 무심한 것 같아
속상할 때가 퍽 잦았던 어린 시절의
나에게 엄마는 이렇게 말하곤 했다.
"아빠가 너에게 사랑한다고
말하지 않는다고 해서
아빠가 널 사랑하지 않는 게
절대 아니야. 아빠가 평소에
널 얼마나 아끼고 사랑하는데."

아빠는 내가 뭘 하거나
성취해서 쪼르르 달려가
자랑하면 '잘했다'고
말한 적이 한 번도 없었다.
늘, 언제나, 항상
'애썼다'고 했다.
너무 어렸을 땐 서운했다가
조금 덜 어릴 땐 꺄르르 웃으면서
아빠의 말투를 따라하며
'애썼어~'라고 받아쳤다.

지금은 내가 무슨 일이 있을 때마다
'애썼어'라고 말하게 되었다.
좋든 나쁘든 결과가 나에게 가져다 주는
감정에 푹 녹아 들다가 금세
이 또한 과정이라며 빠져나와
또 도전이라 부를 뭔가를 해 나가게 된
발단은 아빠의 '애썼어'에 있다.
잘하지 못했어도 괜찮아, 애썼어.

난 그걸로도 충분하다. 애쓰는 게
잘하는 거니까. 하여튼, 누가
아빠 딸 아니랄까 봐 이런 것까지
닮았다.

73.

많은 한국인들이 문에 걸려 있는
'당기시오' 팻말을 보고도
문을 밀어서 연다고 한다.
왜 그런고 하니,
'당기시오' 팻말을 봐도
문을 밀었을 때 밀어서 열려서
두뇌에 학습되고 몸에 배어 버린
행동이라나.

실상은, '당기시오' 팻말이
있는 문은 밀면 열리지 않아야
하는데 말이다. 결국,
많은 한국인들은 거의
반사적으로, 무의식적으로
문을 밀어서 열게 되었다는 것이다.

정말 멋있지 않나?

당기라는 문을 밀어서 여는 행위와
'당기시오' 팻말을 과감히 무시하고
내가 열고 싶은 대로 밀어서
문을 열어 버린다는 행동이.
그리고 쿵짝이 잘 맞게도,
'당기시오' 팻말이 걸린 문이
밀어서도 열린다는 사실이
정말 멋있지 않나?

74.

우여곡절이라도
'내가 정말 할 수 있을까?'
의심하고 궁금했던
그 시절의 그 순간,
내 앞엔 사뭇 위풍당당한
걸음걸이로 걸어 가며
자신감과 자존감이 꽉 차 있는
어투로 한 여자가 이렇게 말했다.
"하면 돼.
하면 되는 게 진리야."
나는 마음이 꽤 뭉클해져
이 말을 남기고 떠난 여자를
하염없이 바라 보았다.

〈퍼러우리한 시간, 그대에게〉

퍼러우리한 새벽에
전해리 쓰고
낭독함.

2020년 4월에 쓰기 시작하여
2020년 6월에 마침
2020년 6월부터 8월까지 낭독함

표지, 오프닝, 편지봉투

존경하는 기자님께 평소 인터뷰를 읽으며 궁금했던 점을 가득 담아 이메일을 보냈고 영광스럽게도 답변을 받은 적이 있습니다. 지혜가 가득한 답변은 몇 번이고 읽어도 그때마다 다른 배움으로 다가왔더랬죠. 그중 좀처럼 잊히지 않는 구절이 있습니다: '디지털 매체에서 독자들의 수용 능력.' 그렇죠, 그리고 보면 세상이 이리저리 발전함에 따라 책을 읽을 수 있는 '방식'도 다양해졌죠. 그래서 본격적으로 이야기를 이어 나가기 앞서, 제 경험을 들려드리고자 합니다.

아주 오래 전으로 거슬러 올라가서, 모든 일에 처음이 있듯이, 저에게도 글과 책을 진지하게 대하기 시작했던 계기가 있습니다. 우선, 책을 읽게 된 건 집에 책이 있기 때문이었습니다. 그렇게, 책을 좋아하는 아이가 되었습니다. 시간이 약간 흘러 초등학교에 입학했을 즈음, 엄마는 제가 그림과 아주 약간의 지문으로 구성된 동화책과 만화책 말고도 글로만 이뤄진 책도 읽을 줄 알아야 한다며 책 한 권을 손에 쥐어 주셨습니다. 그 책의 이름이 아직도 기억나는데요, '가방 들어주는 아이'라는 책입니다. 삽화가 드문드문 있었지만 글만으로 책을 읽는 자체가 너무 낯설고 어색해 책장을 대충 휘리릭 넘기곤 엄마에게 '다 읽었다'고 거짓말을 하고 말았습니다. 눈치 빠른 엄마는 저에게 '무슨 내용이야?'라고 물었고, 저는 당연히 아무 대답도 못하고 쭈뼛거렸지요. 그런 절 엄마는 혼내지 않고 '제대로' 읽으라며 엄하게 말씀하셨습니다. 방으로 돌아간 저는 어쩔 수 없이 한 장 한 장 읽기 시작했고, 한 장 한 장 넘어갈 때마다 이야기에 점점 빠져들었습니다. 책을 마침내 다 읽고 나서는 무척 신이 나서 엄마에게 쪼르르 달려가 책에 대해 조잘조잘 얘기했더랬죠. 그때 그 기분이 잊히지 않아요. 아직도 선명합니다. 그때 그 기점으로 제게 한층 드넓은 신기원이 열렸습니다.

저도 독자로서 취향도 있고 소신도 있습니다. 그러나 글을 쓰는 사람으로서는 취향과 소신을 내세우기 전 도전과 실험이 뒷받침되어야 한다고 생각합니다. 이는 실력과는 상관없습니다. 그래서 이 작품, 나아가서는 이 책, 정확히 말해서 '시청각'적 글인 〈퍼러우리한 시간, 그대에게〉를 썼습니다.

'디지털 매체에서 독자들의 수용 능력'에 상응하기 위한 노력은 이번이 처음은 아닙니다. 노력의 일환과 바닥을 높이겠다는 일념으로 1년 반 정도 자투리 종이 조각에 직접 쓴 글을 인스타그램에 게재한 바 있습니다. 그 땐 인스타그램이란 플랫폼의 편리와 글의 근본인 종이와 글씨에서 비롯되는 단순성을 활용했고, 이번엔 유튜브란 플랫폼의 접근성과 말의 온도를 재는 글을 읽는 소리, 그리고 그 소리에서 펼쳐지는 심상을 빌리고자 합니다. 그러니 부디 들어주세요. 귀로 읽어주세요.

제가 보통 쓰는 글보단 한껏 경쾌하고 쉬운 글이며, 그러한 글을 제가 예사로이 쉽지 않게 썼습니다. 또한, 매번 그러하였듯이 이 녹음하고 촬영하는 과정에서도 적잖은 고충과 애로가 있었습니다. 좌절스럽고 속상했습니다. 그러나, 그럼에도, 그래서 제가 쓴 글을 직접 낭독해 들려드리고 싶다는 마음은 '독자'분들께 잘 전달될 거라고 믿습니다. 이렇게, 진심을 들킬게요. 부디 드넓은 아량과 창작자에 대한 최소한의 예의로 이 작품을 즐겨주세요. 바란다면, 따스한 위안이 되길 희망합니다. 이만, 동기나 이유 등 이 글에 얽히고설킨 심정들을 아끼며 이 〈퍼러우리한 시간, 그대에게〉를 그대 손에 쥐어 드리고 저는 또 다른 글을 쓰러 갈게요, 충분히 즐거웠기에.

아참! 이 책을 마무리하는 무렵, 기자님께서 주신 답장을 새삼 다시 한번 읽었습니다. 그래서 심정 하나만 남기고 갈게요.

"솔직하고 싶었습니다."

같은 공간 같은 공기를 향유하는 그날까지 건강하고 행복하세요.

어엿한 작가와 여전한 창작자의 모습으로 만나길.

그리고, 모를 땐 입으로 읊으면 됩니다.

서문, 프롤로그, 편지지

이 장(章)을 저에게 한글 이름을 준
아빠에게 바칩니다.

당부

부디 드넓은 아량과 창작자에 대한 존중으로
이 작품을 즐겨주세요.

지정한 시간은 해당 글을 읽기 좋은 시간입니다.

퍼러우리한 시간 13시
본인이 손에 뭘 쥐고 있는지 모르는 그대에게

뭐든 쥘 수 있는 손이어도 늘상 무언가를 쥘 순 없는 노릇이다. 그랬다간 손에 쥐가 나고 말 것이다. 손이 소유할 수 있는 건 없다. 인간은 계속해서 뭔가라도 손에 넣고 싶어 한다지만 손은 타고나기를 자유롭게 타고났다. 즉 뭔가를 쥐지 않고도 손은 이미 그 자체로 누릴 수 있는 걸 누리고 있다. 만끽은, 만끽이란 실추와 획득 사이 얇고 좁은 종이 한 장 차이에서 여유롭게 벗어난 자유다.

'캔디'도 자신에게 엄마, 아빠가 있길 바랐다. 그리고 마침내 본인을 원하는 이가 있어 '포니의 집'을 떠나 '레이크우드'로 가게 되지만 캔디가 원하는 바는 결국 이뤄지지 못했다. 명목상 말벗이었을 때도 캔디는 그에 걸맞는 대우를 받지 못했고 끝내 마구간지기 견습생 자리로 떨어져야 했다. 캔디의 손은 좀처럼 남아나질 못했다, 행복을 기대했던 곳에서, 혹은 그 기대가 시들어 버린 곳에서. '포니 선생님'이 준 목걸이를 손에 꼭 쥐던 순간 '닐'과 '이라이자'가 뺏더니 놀리며 괴롭힌다. 작고 조막만한 손은 접시닦이, 바닥 청소, 마구간 잡무를 해내느라고 보드라울 겨를이 없다. '애니'가 고아원 출신임이 탄로 날까 전전긍긍하느라 몰래 두고 간 리본은 캔디의 손을 잠깐 스치기만 할 뿐 도리어 캔디의 손에 누명을 씌운다. 캔디는 그러한 손으로 달력에 별을 남겼다. 별의 종류는 총 세 가지. 흰 별은 닐과 이라이자가 괴롭히지 않았을 때, 거의 드물긴 하지만. 검은색 별 반은 괴롭힘이 약간 심할 때. 검은색 별은 괴롭힘이 정말 심한 날. 캔디는 그렇게 제 손에 기어코 본인을 괴롭히고 고생시키는 것들을 쥐어야 했다.

그러나 그 시절, 캔디의 곁엔 '안소니', '스테아', '아치'가 있었다. 그 세 명 중 어느 한 명도 빠지지 않고, 온전한 세 명이 캔디의 곁에 있었다. 캔디의 작은 손이 눈물 어린 얼굴을 닦을 수 있는 데에는 안소니가 나타났기 때문이고, 캔디의 야문 손으로 밧줄을 던지는 솜씨를 자랑하던 날부터 아치는 사랑에 대해 고민했으며, 캔디의 호의적인 손이 거부하지 않았기에 스테아는 발명을 멈추지 않았다. 캔디는 그들 셋이 있으면 웃었다. 캔디를 둘러싼 환경은 캔디에게 유리하지 않고 호시탐탐 적대적이어서 캔디의 손은 고단했지만, 그런 환경에 속했음에도 캔디가 감사와 행복을 알아서 삼총사는 캔디의 손에 꽃다발과 발명품을 쥐어 주고 손을 잡으며 작은 꿈을 가졌다. 따라서 캔디의 손엔 상처가 생겨도 행복이 떠날 줄 몰랐다. 행복은 아마 세계가 아닐 것이다. 틈이다. 그래서 틈만 나면 잡아야 하는 게 행복이다. 캔디는 그 틈을 잡을 줄 아는 아이였다.

하지만 손은 무언가 잡고 놓는 데 존재의 이유가 있지 않다. 물론 손이 쥔 건 언젠가 놓아야 하거나 손에서 벗어난다는 것도 숙명이지만, 이와 더불어 모든 건 가시적인 형태로 영원히 머무르지 않는다. 게다가 손에 쥐인다고 해도 그게 손의 주인을 행복하게 해 주지 않는 경우도 있다. 예를 들어 '테리우스'가 보내 준 연극 초대권과 스테아가 특별히 발명해서 준 오르골인 '캔디가 행복해지는 기계'의 경우, 캔디가 두 사람과 영영 헤어지게 되는 일종의 단서가 되고 만다. 이렇게 안타깝게도 캔디는, 사실 모든 인간이 그러하겠지만, 눈물을 쏟고 자신도 모르게 더 큰 진리로 다가선다. 다시 안소니, 스테아, 아치, 이 세 명과 행복했던 시절, 즉 '아드레이 가'의 양녀가 되어 한결 거리낌없이 웃을 수 있던 그 시절은 가혹하고도 가련하게도 불의에 찾아온 안소니의 죽음으로 오래 가지 못한다. 캔디는 더 이상 안소니의 손을 잡을 수 없다는 현실에 울음을 터뜨린다. 그때 방랑자이자 여행자인 '알버트 씨'가 나타난다. 울고 있는 캔디에게 알버트 씨는 이렇게 말한다:"안소니가 죽은 걸 슬퍼하지 말고 안소니라는 멋진 소년과 만난 것을 기뻐해라. …… 운명이란 남에게서 받는 것이 아니야. 자기 손으로 개척해야 하는 거야. …… 굳세게 살아라, 캔디!"* 손은 무얼 잡고 놓는 것 이상의 능력이 있다. 그 능력은 바로 무언가 할 수 있다는 것, 다시 말해 행동이 된다는 것이다. 그렇게 캔디의 손은 누군가를 구해낸다. 비탄에 빠져 생을 끝내려는 '스잔나'와 '패티'를 붙잡고, 기억을 잃고 무작정 떠나려 하는 알버트 씨를 붙든다. 또한, 폭탄 테러로 쇠약해진 알버트 씨를 손수 돌볼 수 있었던 건 간호사가 되었기 때문이다. 알버트 씨 외에도 아픈 누군가를 간병하며 캔디는 제 힘으로 제 길을 간다. 캔디는 종국엔 뉴욕을 떠나 '포니의 집'으로 돌아가서 근처 병원으로 출퇴근하려는데 이는 캔디의 손이 간호 일을 할 줄 알고, 따라서 간호 일의 도구가 있는 곳이면 사실상 어느 곳이든 갈 수 있기에 가능하다. 손에 행위가 있어야 그 행위에 따라 쥐고 놓는 등 동작이 발생한다. 그리고 그 동작을 이루는 도구나 사물은 신기하게도 전혀 생뚱맞은 곳에 있지 않다. 동작, 더 나아가 행위는 그와 연관된 존재들을 자연스레 부르기 마련인 까닭이다.

당장의 시야를 가로막으면서 삶의 질을 떨어뜨리고는 생명까지 야금야금 갉아먹는 공기보다 더한 건 없을 거라 손사래를 치기 일쑤였던 시절이 이젠 다 우습다. 코와 입엔 덮개가 씌여 삶의 가장 기본 요소인 들숨과 날숨조차

*작가 미즈키 교코(水木 杏子), 작화 이가라시 유미코(いがらし ゆみこ). 만화 캔디캔디(キャンディ·キャンディ). 송희승 옮김. 하이북스. 2001. 315. 316. 317쪽

제대로 이뤄지지 않는 것도 모자라 입엔 재갈이 물린 것만 같고, 덩달아 손발이 아예 묶여 버린 지금 내 눈 앞의 공기는 마치 목격자를 즉살하는 메두사처럼 치명적이다. 투명해서 위협적이지만, 또 투명해서 속임수가 없는 작금의 공기가 도래하고 나서야 인류는 30년 만에 육안으로 히말라야 산맥을 보았다. 저렇게 근사한 걸 손에 쥘 수 있는 것도 모르고 인류는 무얼 향해 무너뜨리고 세우기에 급급했던 걸까. 곁에 저토록 위용(威容)스러운 걸 두고 무얼 위하여 제 눈을 자꾸 가리고 멀게 했던 걸까. 그래, 이 공기는 모든 걸 앗아갔다. 하지만 알고 보니 전부 허울이었다. 좋다고, 착하다고, 예쁘다고 믿었던 물체나 개념은 속절없이 쓸려가고 그 빈자리엔 초라하게 여겼던 것들만 굳건하다. 내가 원하고 바랐던 것들은 실상 얼마나 허황되었던가! 허례허식 없는 진실들은 나의 목을 옥죈다. 숨이 막힌다. 그러나 비로소 보인다, 내가 무얼 손에 쥐고 무얼 해야 하는지 마음이 저리고 뼈가 아프지만 이제야 보인다.

난 오래 된 연필을 손에 쥔다. 그 손은 글을 쓴다.

말해도 소용없고 숨쉬기도 힘겹지만 나는 아직 볼 수 있다. 그러니 할 수 있는 걸 해야 한다.

호흡이 위협당하는 현재, 언제든지 차마 끊길 수 있는 호흡 아래 난 만끽을 누린다, 불행과 불운일지라도.

퍼러우리한 시간 9시
손목을 잡히곤 했던 그대에게

    내 손목 위엔 티그리스 유프라테스 강이 흐른다.

    어떤 사람은 내 손목을 잡고 흔들어 대기까지 했다. 그럼 내 손은 깃발처럼 펄럭였다. 어떤 사람은 감탄했고, 어떤 사람은 경악했다: "이 손목 좀 봐!" 어떤 사람은 면전에 대고 눈살을 찌푸리며 외쳤다: "징그러워!" 손목 덕분에 싫은 소리 좀 들어봤다: "이 손목으로 뭘 하겠어?" 다짜고짜 이런 말을 하는 사람들의 나를 향한 시선은 늘 같았다. 어려서는 그에 상처 받고 주눅이 들었다. 하물며 식물도 모차르트 음악과 예쁘고 상냥한 말을 들어야 쑥쑥 자란다는데, 사람인 내가 사박한 말을 듣고 싶은 턱이 있나. 나도 예쁨 받고 자라고 싶었다. 예쁨만 받고 자라고 싶었다는 게 아니라 어떤 황당무계한 말을 들어도, 불쾌한 시선과 행동을 받아도 그런 것들을 대수롭지 않게 상쇄할 만큼의 예쁨을 받고 싶었다. 내가 날 알아서 예쁜 말을 들어도 우쭐하지 않았을 텐데. 어쨌든, 사람들은 내 육신에 형용사나 형용구를 끼얹기를 아무렇지 않아 했고 그를 빌미로 날 고치러 들었다. 그러나 그런 형용사나 형용구가 장식 더러는 부스러기에 지나지 않음을 안다. 그래서 속상해도, 속이 상해 어쩔 줄 몰라도 남의 말에 비춰 날 보지 않았고, 나 스스로를 억지로 고치려 들지 않았다. 남들이 못해 준 예쁨만큼 내가 나의 진가를 발견해주고 아끼고 사랑해주고 싶다. 나에 대한 최소한의 의무이자 권리다.

　　난 내 손목 덕분에 집중을 배웠다. 어떤 사물을 진득하게 움키고 어떤 행동을 취해야 하면 난 으레 손목 혹은 팔목, 아래팔의 한 부분을 왼손으로 살며시 잡았다. 어떤 이유로든 손 떨림이 일어나려다가도 지지대로 인해 육신을 넘어 정신과 마음까지 평정된다. 특히, 서예할 때가 좋았다. 손이나 손목 힘에 크게 좌우되지 않고 오로지 획을 긋고 내리는 일련의 움직임에서 힘이 우러나와 그 자체로 필체를 완성해냄이 흡족했다. 그런데 21세기에 서예는 필수 덕목이 아니었고 국·영·수·과학·예체능 뒤로 한참을 이미 물러나 있었다. 그렇게 자연스럽게 서예를 할 수 없게 되었다. 깊은 애착이 있던 건 아니었지만, 나의 의지가 아닌 주변 환경과 여건으로 그만둘 수밖에 없는 속성의 일이었다는 점이 두고두고 통탄스러울 뿐이다. 조금은 덜 아쉽게나마 서예에서 경험했던 수련 의식을 카메라로 사진 찍으며 감사하게도 다시금 겪고 있다. 서예와 사진 촬영에 공통점이 있다고 쉽사리 궁리해낼 순 없긴 하다. 사진 촬영은 몸이 분주할지언정 팔이 여유로운 듯 일사불란하진 않으니까 말이다. 그렇지만 찰나를 포착해야 하고 그 찰나를 결정하는 감각을 길러야 한다는 점에서 서예와 사진 촬영이 같은 맥락을 공유하고 있다고 주장하는 바다. 그리하여 한 획 한 획 긋고 내리고 떼는 행동 하나하나에 따라 숨을 잠시 참았다가 이어가는 것처럼 카메라를 한 손으로 받쳐 잡고 한 손으로 버튼에 댄 후 피사체에 예의 바르고 과감하게 다가가 숨을 들이마실 때 찍고, 찰칵 소리가 나야 숨을 내쉰다. 여기서 서예와 사진 촬영의 공통점이 하나 더 있다. 바로 수련을 요한다는 점이다. 성공하며 이어가는 것이 아니라 부족하더라도, 실패할지라도 이어 나가야 함이 꽤 고단하지만, 잘하게 되는 걸 떠나 우선 순간의 집중이 선사하는 평화가 그 무엇과도 비견될 수 없다. 잘하지도 못하는 걸 뭐 그리 열성이냐는 눈초리나 호기심을 받을 때가 종종 있는데 그에 대한 답이 이게 전부다. 대답이 시원찮아서 어쩌나. 개인적으로, 어떤 의도에서든 그런 질문이 벅차다. 못하든 잘하든 당사자가 즐거움을 느끼는 것을 하고 있음 그 자체를 묵묵히, 또 애정 가득 지켜봐 주는 이들이 곁에 있으면 참 '좋았겠다' 생각에 씁쓸하다. 처음부터 잘할 수 없는데. 한편으론, 배움이 워낙 느린 사람이라, 그래서 내가 발전시킬 기회를 매번 놓치는 건가 심산하다. 잘하게 되는 기회를 주고서 그때도 '왜 못하니?'라고 물었으면 내가 조금 덜 억울하고 (덜) 속상하지 않았을까.

그런 까닭에, 사실 이제야 겨우, 내 손목을 더 애호한다. 남들이 징그럽다고 해서? 남들이 쓸모 없다고 해서? 함부로 말하기 좋아하며, 존중이 부족한 잣대를 들이미는 사람들에게 우연하게 상처받을지라도 내 행복을 맡기는 바보가 난 아니다. 내게 있어, 그저 긍정적인 면모가 먼저 눈에 띌 뿐. 약간은 서러운 경험에 의해 난 모든 일을 대할 때 힘을 빼고 싶어졌다. 사사로운 허영심, 나의 것인지 아닌지 전혀 모를 욕심과 욕망, 그리고 무절제한 욕구가 사람 힘들게 한다. 원동력이라 여겼지만 오히려 쓸데없는 번뇌만 가득이다. 그에 따라 이젠 도라에몽처럼 가방에 이것저것 다 넣고 다니기가 꺼려진다. 이런저런 사태 다 대비한답시고 하나부터 열까지 몽땅 넣은 가방을 하루 종일 들다가 결국 제대로 활용한 적도 없이 그 하루의 말미에서 끊어질 것 같은 손목을 부여잡고 나가떨어지기가 지겹다. 복잡한 걸 단순히 정리하고 싶다느니 그런 깊은 생각 없이 그저 필요하고 필수적인 것만 쏙쏙 골라 소중한 가방에 가벼이 넣어 손목에 부담가지 않게끔 룰루랄라 들고 다니고 싶다. 뭐든 결국 손목 힘으로 드는 건데, 내 손목은, 잡다하고 무게가 나가는 소유에 적합하지 않았던 것이다. 내 손목이 감당할 만큼 들고 멀리 가면 어떨까. 소속감을 느낄 수 있는 곳이라면 어디든 좋다. 그곳에서 그 무엇에도 개의치 않고 기존에 쓰는 것과 전혀 다른 걸 쓰고 싶은 소망이 인다. 그런 이목지욕(耳目之慾)이라면 반갑다. 손목에 더 이상 힘을 주지 않으면서 다른 일을 할 때도 자연스레 변화가 생겼는데, 손에 연필을 쥐고 글을 쓰는 게 좋아졌다. 타자 대신 종이 위에 글을 쓰는 건 나름의 훈련으로 애정하는 동시에 익숙해지긴 했지만, 펜 대신 연필을 잡고 글을 쓰는 걸 선호하게 될 줄 꿈에도 몰랐다. 손과 손목에 하도 힘을 줘서 연필심이 유난히 빨리 닳거나 아예 툭! 부러지기까지 했던 어릴 적 기억이 있는데, 이젠 힘 뺀 손과 손목에게 가장 적합한 도구는 연필임을 기분 좋게 체감하고 있다. 간혹 그 옛날 버릇이 나오긴 하지만, 한결 여유로워졌다. 고로 그곳에서 그 무엇에도 개의치 않고 기존에 쓰는 것과 전혀 다른 걸 연필로 쓰고 싶다. 은근히 변화된 필체가 재미있기도 하고. 그렇게 휘뚜루마뚜루, 아니면 고이고이 종이를 채우다가 어딘가 피아노가 있을 만한 곳을 찾으러 나서는 거다. 이것도 꽤 얼마 전에 안 건데, 손목이 지닌 힘이 무언가를 할 때 충분하지 않다면 되레 힘을 꽉 주는 대신 서예나 사진 촬영, 글짓기를 하며 그러는 것처럼 힘을 아예 빼는 편이 낫다. 또, 서예·사진 촬영·글짓기와 마찬가지로, 형그레 움직임만으로 생겨나는 원기가 피아노 연주에도 적용된다. 곡을 구현해내기 위해 나의 표현력으로 손가락이 움직이면 손목은 그 기세를 따르면 그만이다. 그럼 나의 기특한 연주는 이제껏 만난 적 없는 낯선 이웃들, 예술가들이 내는 소리와 어우러져 생전 간 적 없는 곳으로 약간의 낯가림과 상당한 호기로움으로 소풍을 떠난다. 난 그 뒷모습을 꽤 흐뭇하게 바라본다. 그 다음, 홀가분한 마음으로 깎아지르는 벼랑으로 향한다. 난 내 손목을 보면 언제나 나뭇가지를 떠올리곤 했다. 얼마 전, 바람에 나부끼는 나뭇가지를 보았다. 세상 모든 바람이 귀엽다는 듯 기꺼이, 한편으론 초연하게 몸을 흔드는 나뭇가지였다. 그보다 우아한 자태는 앞으로도 보지 못할 것 같은 기분이 든 바 있다. 그리고 흔들리지 않고 나부낄 뿐이라고 생각했다. 나도 그곳에서 나의 나뭇가지를 건듯건듯 나부끼련다.

내 손목 위엔 티그리스 유프라테스 강이 흐른다. 난 그 모습 그 자체만으로 좋은데, 세상사가 어찌어찌 흐르다 보면 세상은 강 위에 다리를 놓는다. 필요라는 미명하에 그냥 두질 않는다, 강은 그냥 흐르는데. 세상아, 나의 강에 다리를 놓지 말아 다오.

퍼러우리한 시간 14시
진짜로 망할까 봐 두려운 그대에게

인생이 진짜로 망할까 봐 '망했다'는 말을 입 밖은 물론이고 마음의 수면 위로도 뜨지 못하도록 주의하고 또 주의했다. 내가 그렇게까지 했건만 정말로 망할 줄이야. 어이가 없는 나머지 속이 다 시원하다. 그래! 망했다! 망했네! 망했어!

피아노를 순수하게 치고 싶어서 시작한 건 아니었다. 어릴 땐 피아노를 무척 배우고 싶었지만 결국 집안 형편으로 얼마 못 배우고 그만둬야 했다는 엄마는 집에 피아노를 들여놓았고 딸에게 피아노를 시키려 했지만 그 딸은 거부했다. 엄마는 강요하지 않았다. 그런데 딸은 어린이집에 다니다가 대뜸 피아노를 치겠다고 했단다. 난 기억이 전혀 나지 않는데 엄마가 하는 말이 어린이집에서 나보다 나이 많은 어떤 언니가 피아노 치는 걸 내가 보고 그날로 집에 와서 피아노를 치겠다고 했단다. 아! 왜 그랬을까, 왜 그랬니. 그렇게 치게 된 피아노를 즐겁게 친 기억은 우습게도 막상 없다. 당연한 거지만 탄탄한 기본을 위해 하농을 열심히 연습해야 하는데, 하농은 물론이고 바이엘, 소나타든 뭐든 제대로 연습하기가 지루하고 싫었다. 그때 얼렁뚱땅 건성으로 친 게 오늘날까지 화근이다, 이때까지 피아노를 칠 줄 몰랐지만. 게다가 조금 나중엔 기타, 플루트가 몹시 배우고 싶었다. 아니, 꼭 그렇다기보다는 연주하는 모습이 멋있어 보여서 탐이 났던 거겠지. 그러고 보면 도중에 오카리나도 나름 배웠는데 내 성에 안 차기도 했거니와 관악기가 나와 잘 맞지 않음을 확인할 뿐이었다. 그럼에도 꾸역꾸역 피아노를 친 까닭은 엄마가 한 발언에 있었다. 피아노를 배워 학교 음악 수업에서 반주를 하고 싶었으나 가정 형편으로 피아노를 그만 두게 되어 꿈을 이루지 못했다는 엄마의 이야기에 정의감, 책임감 따위를 괜히 느끼고 말았다. 내가 엄마의 꿈을 대신 이뤄줄게! 이런 거였다. 아… 왜 그랬을까… 왜 그랬니…

난 꿈을 이뤄도 행복하지 않을 수 있음을 피아노 반주를 맡게 되고 나서야 배웠다. 뼈저릴 일이다. 난 스스로의 실수를 곧잘 용서하지 않는 유형의 사람이라 학교 음악 선생님께 미리 반주 목록을 받아오면 피아노 과외 선생님께 수업을 받고 죽어라 연습했다. 나의 피아노 선생님은 자신의 제자들 중 몇몇이 피아노 반주자를 맡고 겪은 수모를 일찍이 알고 계셨고 그런 일들이 나에게도 생길까 우려하며 날 말리기까지 하셨으나, 난 뜻을 굽히지 않았다. 난 자부하건대, 피아노 반주를 맡은 그 기간 동안 실수를 다섯 번도 하지 않았다. 재능이 없다는 걸 내가 왜 몰랐겠나, 그런데도 난 성실함으로 꿈을 이뤄낸 데 있어 누구도 파괴 못할 자부심을 가지고 있다. 그러나 행복하기가 무척 힘들었다. 장난이랍시고 놀려대는 몇몇 아이들의 철없는 야유는 그런대로 비웃으며 넘길 수 있었으나, 나를 미워했던 다른 몇몇 아이들의 비방, 그리고 그 눈초리는 열다섯 살 여자아이가 견딜 만한 것이었나 아직도… 모르겠다. 내가 듣고 있는 걸 알고 내 앞자리에 앉아 킥킥거리며 하는 말, "쟤는 피아노도 못 치는 주제에 왜 피아노 반주를 해?" 난 지금도 그 애가 했던 말의 그 억양을 따라할 수 있다. 나는 '힘든 시절' 훗날 웃으면서 얘기할 수 있다는 얘기 안 믿는다. 두고두고 덧나는 상처가 '힘든 시절'이다, 즐기기 앞서 긴장하는 법부터 배운 시절.

그 뒤로 약 1년 정도 과외 수업을 받고 나 또한 사회의 관례와 집안 형편에 맞물려 피아노를 그만뒀다. 그리고 그 마지막 1년의 수업과 연습이 그때까지 나의 피아노 역사상 가장 행복했다. 피아노 선생님께서 나의 학교에서의 일을 아셨는지 그 뒤론 내가 좋아할 만한 음악만 골라 오셨다. 피아노를 치는 학생이라면 응당 거쳐야 할 작곡가나 곡은 그만 치고 나와 어울릴 만한 소품곡이나 가요, 애니메이션 영화 주제곡 그리고 재즈를 쳤다. 그제야 겨우 연주하는 즐거움을 어렴풋이나마 알아차렸다. 피아노 선생님은 참 다행이라고 해 주셨다. 수업 마지막날, 선생님이 수업을 마치고 우리 집 문을 닫고 나가셨을 때, 난 펑펑 울었다.

　고등학교 3년 동안, 영화 '티파니에서 아침을'의 '홀리'처럼 닳고 닳은 마음을 피아노 앞에 앉음으로써 달랜 적이 적지 않았다. 아무것도 치지 못하고, 학교가 끝나면 11시였으니, 그저 앉아만 있었다. 이렇다 할 기쁜 일을 가져다 주지 않은 피아노가 뭐가 예쁘다고 피아노 앞에 하릴없이 앉아 있었다. 마치 떠난 주인을 기다리느라 자리를 뜨지 못하는 백구 같기도 했다. 그 사이, 피아노 팔면 안 되냐는 부모님께 난 안 된다고 말했다.

　고등학교의 모든 절차에서 벗어난 뒤 내가 맨 먼저 한 건 피아노를 치는 일이었다. 난 피아노 연주에 관한 기본 지식을 거의 송두리째 잊었고 작곡을 공부하는 친구에게 박자, 음계, 여러 악상 기호 등을 악보에 적어 달라고 부탁했다. 그렇게 음표마다 음계가 적힌 악보의 곡을 어렵사리 치고 또 쳤다. 영화 '오만과 편견' 속 엘리자베스와 다아시가 동틀 무렵에 약속한 것 없이 만나 서로의 사랑을 확인하는 장면에서 흐르는 곡이었다. 그 곡이 너무 어려워 피아노에 익숙한 권태에 빠지려는 차에 영화

'뷰티 인사이드'의 배경음악 중 하나인 '아쉬움'이란 곡을 찾아냈다. 마찬가지로 어려웠다. 그래도 어떻게든 치고 또 쳤으나 도저히 뭔가 모르겠어서 또 얼마간 피아노를 치지 않았고 너무 바빠 칠 수 없었다. 피아노 선생님께 다시 연락해야 한다고 마음을 굳게 먹었을 때 난 덧대고 덧댄 고난과 별 우스운 다사다난에 마음이 너절해질 대로 너절해져 우울, 건강 악화, 불면증, 공황 장애 등 질환과 우환에 이미 한창 시달리고 있었다. 난 사실 구조 신호를 보내는 것처럼 선생님께 '한 달만 수업을 받고 싶다'는 연락을 드렸다. 다시 만난 선생님은 내가 기억하고 좋아했던 그 모습 그대로이셨고, 이 가소로운 세상에도 변하지 않는 것이 있음에 마음 속으로 기쁜 나머지 몇 번이고 울었다. 난 선생님께 수업을 받으며 원래 그랬던 것처럼 작곡가나 곡과 관련한 지식이나 피아노 연주 기술과 같은 가르침을 얻었지만, 내 깜박거리는 기억에 비출 땐 사실상 처음으로 선생님께 이런저런 질문을 쏟아냈다. 이런 경우엔 어떻게 치는 건지, 멋모르고 쳤는데 이게 지금 맞게 치고 있는지 등 선생님께 여쭈어 보며 이제야 피아노를 배우는 사람처럼 느꼈다. 한 달의 수업 중 네 번째이자 마지막, 여전히 만족스럽지 않은 부분이 너무 많은 것 같아 여지없이 속상해 하는 나에게 선생님은 나라면 도저히 생각해낼 수 없는 말을 해 주셨다.

"해리야, 연주에 뭔가 있어. 그래서 선생님 되게 놀랬어."

난 그 말을 듣자마자 이보다 더 감사할 수는 없어 차마 아무 말도 하지 못했다. 그리고 이렇게 생각했다: 이말을 듣기 위해 내가 이날까지 피아노를 친 거구나. 선생님은 이젠 스스로 연습해야 한다고 말씀하시고 8년 전과 똑같이 문 밖으로 나가셨다. 그 후로 실력은 줄 세우기나 비교 혹은 대조에 관한 것이 아니라고 여길 수 있었다.

참 소중하게 피아노를 치고 있다. 피아노를 칠 때마다 감사하다. 어차피 '이럴 수 있는' 시간이 영원하지 않음을 알고 있고 한편으론, 피아노를 치는 매번 피아노에 재주가 없음을 느끼고, 그래서 다행일 수도 있겠다며 안심하고 있다. 나란 인간은 애초에 남과 견주는 실력이란 존재는 그 필요도 모르겠고 성가시다고 간주하는 반면 수련, 수양에 있어 실력을 논하자면 딱한 완벽주의자다. 그러니까 쉽게 말해, 피아노를 연주하며 음을 틀리든 박자를 틀리든 하다못해 그나마 자부하는 감정 표현을 틀리든 실수를 하면 지나칠 정도로 괴로워한다. 그래도 인생살이가 워낙 다사다난해 인내심으로 나 자신을 꽤 다스렸다고 생각했는데 사람의 타고난 기질이란 게 방심한다 싶으면 너무하게도 툭툭 튀어나온다. 게다가 감각이 예민해 피아노 건반을 누르며 재능이 없음을 여실히 감지하고 있다. 난 재능이 아닌 오로지 낙으로 피아노를 치니 실수도 받아들이고 선생님이 말씀하셨듯 연습이 아니면 그 무엇도 날 구제해줄 수 없다는 수양의 자세로 일관해야 함을 당연시했다. 피아노 건반을 두드린다고 해서 연주가 되지 않기에 연습과 연주를 구별해서 피아노를 치려고 노력했지만 뜻대로 되지 않았다. 세월의 힘에 따라 무뎌지는 신체를 탓하는 것도 한계가 있었다. 속상함과 피로가 날로 쌓이다가 점입가경으로 두 가지 계기로 울분이 폭발한 적이 있었다. 한 번은, 꽤 오랫동안 치지 않은 다소 쉬운 곡을 아주 오랜만에 쳐보는데, 웬걸, 너무 못 치는 거다. 아무리 간만에 보는 악보라도 다른 곡들을 치며 쌓아온 기량이란 게 있을 텐데 가관이었다. 실망스러웠다. 또 한 번은, 예전부터 꾸준히 무리없이 친 구간이었는데 무슨 바람이 들었는지 어느 순간부터 엉망진창에 실수를 연발하는 것이다. 실망했다. 또 치고 또 치는데 왜 자꾸 틀리냐고 분통을 터뜨리며 기어코 가슴을 쾅쾅 주먹으로 쳤다. 그렇게 얼마간은 피아노를 치지 않았다. 되는 게 없어도 너무 없다고 괜스레 고민하지도, 울적해 하지도 말라고 피아노 앞에 몇 년을 앉고 이제야 겨우 내가 연주하고픈 곡을 치게 됐는데 어찌 된 일인지 되는 게 없어도 너무 없는 걸 되레 확인하고 있는 기분이었다. 이름하야, '피아노를 칠 기분이 아닌 기분'이다. 피아노를 치지 않는 대신, 내가 연주하고 싶어서 열심히 연습했던 곡들을 찾아 '들었다'. 그렇지! 이 곡이 원래 이런 곡이었지! 역시 숙련된 연주자는 달라. 난 명인과 거장 앞에서 스스로가 얼마나 하찮은 풋내기에 불과한지 자각하는 게 좋다. 어떤 사람이어야 이런 곡을 작곡하고, 어떤 사람이라야 이런 곡을 연주하고 또 어떻게 해야 표현할 수 있는지 감탄을 머금은 채 궁리하는 과정이 좋다. 그리고 그 과정의 끝에서 나직이 '이렇게 위대한 걸 감상하게 되다니 살아 있어 다행이야' 감사하며 평온에 이르는 마무리를 맺는 게 좋다. 선생님께서 내게 자주 했던 말이 있다, 잘 치려면 우선 많이 들어야 한다고. 내내 곧이곧대로 듣다가 난생 처음 다른 의미로 다가온다. 익숙과 숙련에서 벗어나 이 아름다운 존재를 그저 즐기자.

사람의 목소리가 곧 악기라는 표현이 굉장히 널리 쓰여서 자주 놀란다. 이런 표현도 곧잘 쓰이길 희망한다: 악기는 곧 보존된 영혼의 소리다. 어디서 읽었는데, 어느 왕이 한 폭포를 감상한 후 '이 폭포 소리를 남기라'고 신하에게 명을 내렸고, 신하가 그 폭포 소리에 기호를 붙이고 기구를 만든 게 오늘날의 음계이고 악기가 됐다는 이야기. 예술가들은 악기의 힘을 빌어 음악을 남겼고, 악보엔 그들의 관념과 정서가 서려 있다. 피아노를 치면 칠수록 음악을 남긴 예술가와 음악 그 자체의 위대함을 경험한다. 그러므로 내가 재능이 있고 없고 간에 그러한 곡을 미숙하게나마 칠 수 있는 영광을 누릴 수 있어 감사하다. 뛰어난 음계를 간결한 흑건과 백건 위에 미천한 손가락을 올려 조심스럽게 밟으면 한없이 겸손해진다. 그렇게 즐길 수 있는 곡이 늘어난다. 그중 자유를 느끼는 곡은 단연 재즈곡이다. 이렇게 될 줄 상상도 못했다. 처음 선생님께서 유명한 '고엽'이란 곡을 가져오셨을 때, 나는 내내 클래식만 치다가 이렇게 공백이 많은 곡은 뭔가 싶어 생경했다. 그 어떤 클래식만큼 어려운데다가 까다로워, 한 마디를 치면 다음 마디를 이어치지 못하고 선생님께 연신 '이게 맞아요?' 확인을 받았더랬다. 그 후 손도 안 대다가, 이런저런 영화에서 흘러나오는 재즈를 귀동냥으로 들으며 알음알음 알게 되어 흥미가 생긴 모양인지 모처럼 오래 묵혀둔 두 재즈곡을 꺼내 가벼이 한번 쳤다. 그런데 놀랍게도 감이 잡혔다. 클래식을 치면서 예절을 느끼고 경건해지는 것도 더할 나위 없이 좋지만, 재즈를 치며 긴장을 한껏 풀고 흥취에 나의 전부를 맡기는 건 이전과 전혀 다른 차원으로 즐거웠다. 재즈를 들으면서 항상 느꼈던 소회이기도 한데 재즈를 직접 연주하며 더욱 확실해진 생각은, 재즈곡의 주인은 곧, 바로 그 순간 재즈를 연주하는 당사자라는 것이다. 재즈는 즉흥성에 기인한다. 연주자의 개성에 따라 가장 기본이 되는 멜로디를 얼마든지 변주시켜 그만이 해낼 수 있는 곡, 그러니까 어쩌면 세상에서 하나뿐인 곡이 그때그때 창조되는 것이다. 박자는 시종 생동해 설렘을 늦출 수 없고, 여러 악기들의 자기주장은 더없이 흥겹고, 비화성음조차도 한없이 조화롭게 들린다. 나의 악보집에 재즈가 들어서면서부터 난 피아노를 치는 데 있어 한층 편해졌다. 자유로움과 항거, 존중, 도전, 이런 것들이 음계와 박자의 혼돈과 질서 사이 아슬아슬 서서 불협화음과 부조화마저도 환영해 즐기는 재즈 정신을 난 '돈키호테 정신'이라 부르고 싶다. 건반을 누르다가 박자나 음이 틀려도 그 실수조차 원래 의도했던 것처럼 자연스레 연주로 끌어안고, 한껏 즐기다가 연주가 끝나면 박수엔 활짝 웃고 지적엔 어깨를 으쓱이고 마는 거다. 망했지만 재밌었잖아! '연극을 즐기지 못하는 연극평론가'가 더 거짓 아니겠냐는 영화 '위대한 쇼맨'의 '바넘'의 말을 빌리자면, '인생을 즐기지 못하는 인간'이 피아노를 연주하는 돈키호테보다 더 바보같이 들리지 않나. 순리에 나도 모르게 또 안달복달할 일이 생기면 주저없이 독백을 불사하겠다. 어차피 망했는데 뭐 어때, 이왕 망한 김에 다 해버려. 난 망했음에도 평안을 느낀다.

얼마 전, 이 곡을 치는데 갑작스레 소나기가 퍼붓더니 바람에 장미 꽃잎이 소낙비와 격렬하게 흩날리는 모습을 목격했다. 저런 우연이 행운인 거다. 곡 이름은, 곡의

뜻은 '나에겐 별일이 다 생기죠.'

'딱 한 번 사랑했는데, 왜 하필 당신이었을까요.'

퍼러우리한 시간 1시
하루만 더 사랑하고픈 그대에게

나는 헛된 꿈을 꿨다. 어쩌면, 그보다도 나 자신이 돼 먹지 못했다.

참 여러가지 꿈을 품어 보았고, 모조리 실패했다. 실패한 꿈엔 환상이었다고 당당하게 얼버무렸고, 당장 마주한 꿈엔 목숨을 내던질 각오로 매달렸다. 그리고 어김없이 돌아온 건, '또' 실패.

뭐가 문제일까, 뭐가 문제였을까. 거절 이메일과 오지 않은 답장의 공백이 위태위태하지만 절대 쓰러지지 않으려는 듯 높이, 아주 높이 아니, 깊게, 더 깊게 파 내려갈 때 난 왜 안 될까, 왜 나만 안 될까 오직 이 두 질문만 끈질기게 뇌까렸다.

꿈이 뭐라고, 꿈을 꾼 덕에 난 사람이 응당 누릴 매사와 감정에 가혹할 정도로 어색해지고 말았다. 난 나의 평범을 도저히 받아들이지 못하고, 남의 평범에 결여감을 느끼고 그 결여감을 채울 요량으로 꿈을 꾸었다. 이렇게, 이렇게 해서 이렇게, 이렇게 하면 우리 가족도 오순도순

단란해지겠지, 친구와 신나게 놀 수 있겠지. 사랑도 해 보고, 실패 따윈 대수롭지 않게 넘기고, 천 원 할인한다고 기뻐하지 않아도 되겠지. 계산하지 않음을 꿈꾸며 숫자 없는 계산기를 열심히도 두들겼다. 약간의 자기방어를 실행하자면, 난 일확천금을 바란 적은 없었다. 그저 약간의 불안이 맛있게 가미된 안락 혹은, 안온 정도? 건강한 부모님, 마음 맞는 친구들, 사랑하는 사람, 그리고 글로 할 수 있는 모든 것들. 집, 땅, 자동차 대신에 나중에 열심히 저축한 돈으로 샤넬 트위드 재킷처럼 튼튼하고 시간 앞에서 당당하게 여무는 옷 한 벌 정도 고려해 보았으면 좋겠다, 조금만 더 바란다면 여기까지, 이만큼만. 난 그냥 이래저래 구애받고 싶지 않았는데. 그런데 다 환상이었다. 내 꿈은 다 깨졌다. 그럴 리가 없다고, 그럴 순 없다고 우연에 운명과 계시의 미명을 갖다가 우표처럼 고이 붙였다. 돌아오는 건 거절과 무응답이었다. 그리고 현실만 남았다. 오늘 하루도 겨우 글을 썼다는 안도감과 내일은 내가 증오하는 구질서로 꼼짝없이 내몰려 마음에도 없는 소리를 나불거리게 될지도 모른다는 걱정, 돈 못 벌어오는 죄책감으로 이행해야 할 집안일과 생활비 고민이 나의 현실이다. 그러나, 참 이상도 하지. 실패하면 할수록 내가 하고 싶은 걸 다 해내고 있다. 비록 꿈을 이루진 못 했어도, 하고 싶은 걸 하고 있다. 이상도 하지.

한 모델이 자발적으로 '100벌 의상 입기 도전'이라는 디지털 런웨이를 강행하는 모습을 보았을 때, 난 내 자신이 너무 부끄러웠다. 나는 글을 쓰고 앞으로도 글을 쓰며 살고 싶다는 말을 가족에게 한 적 없고, 잡지사와 출판사로부터 거절당한 일들이 속상하다는 것도 그 누구에게도 털어놓은 적이 없다. 그러다 보니 글을 씀으로써, 글로 할 수 있는 일들을 추진하는 데 있어 발생되는 감정과 사건들마저도 나 말고 아는 이가 없다. 이 일, 그러니까 글을 쓰며 살아가겠다고 생각했을 때 그 누구도 날 말리지 못하게 한 것처럼 난 모든 고통을 오롯이 혼자 감내해야 한다고 단정지었다. 그리고 부끄러웠다. 글을 쓰며 혼자만 행복함을 부끄러워했다. 날 희망으로 바라보는 부모님과 좋은 데 취직시켜 달라고 절에서 부처님께 비는 할머니 앞에서 난 가짜로라도 감히 웃지 못했다. 글을 쓴다고 말하고 다니면서 책 한 권 제대로 내지 못해서 남들 앞에 서는 게 꺼려졌다. 이러한 고민을 하는 것도 창피했다. 이런 부실한 고민을 하느라 제대로 된 작업을 하지 못했다는 것이 가장 부끄러웠다. 난 글을 쓸 때 가장 행복하다고 믿었는데 자꾸 의심을 한다. 부끄러워서, 여러모로 부끄러워서 글을 쓰는 날 숨기게 된다. 지금이라도 그만 두고 싶은데 글이 아닌 다른 길로 행복할 수 있는 길이 도저히 보이지 않는다. 그 와중에 귀에 들린 모델의 고백: '솔직히

후회했다.'

그래, 후회한다. 밉다. 풀리지 않는 만사가 원망스럽고, 이렇게까지 살 수밖에 없는 내 자신을 도저히 예뻐할 수 없다. '네가 뭔데 그런 일을 해'라는 말을 들었다던 모델이 내가 부단히 숨긴 나 자신이다. 사람들은 내 글 없이 잘 살던데, 시스템을 영리하게 따르면 잘 살던데, 내 꿈이 이뤄지지 않아도 잘 살던데 난 뭘 위해서 글을 쓰는지 자꾸 망각했다. 나보다 글을 잘 쓰는 사람은 너무 많고, 글을 수월하게 쓰는 사람도 너무 많던데, 난 내 심장을 조각칼로 깎아내 왜 글을 쓰고 있을까. 뭘 위해서, 이다지도 어렵고 고통스럽게 글을 쓸까.

그건 말야, 사랑해서 그래. 그 모델이 한 벌 한 벌 옷을 갈아 입고 워킹을 하고 힐에 올라 포즈를 취하는 그 시간 동안 나의 온 마음으로 읽히는 건 자신의 일을 사랑한다는 진실이었다. 나는 이 일을 사랑해. 옷을 표현하는 워킹과 포즈를 사랑해. 이 일과 관련된 존재들을 사랑해. 아! 맞아! 그랬지! 사랑하는 건, 사랑이란 내가 사랑할 수 없는 것까지도 사랑하는 거였지. 100벌을 입어낸 모델의 표정을 끝내 보았을 때 난 그만 내 속마음을 들키고 말았다. 무슨 일이 생겼어도, 생겨도, 생기든 난 글을 계속 쓰고 싶어. 내가 바랐던, 꿈꿨던 글 한 줄을 기어코 종이 위로 적어 내렸을 때의 희열! 환희! 그 누구도 못 앗아가.

허영심을 잡초 뽑듯이 쳐 내야겠지. 베트멍의 얼토당토한 옷, 패기 있게 사고 싶었는데 못 사 입겠지. 근사한 카페라떼는 특별한 일이 되겠지. 자꾸 검소해지고 겸손해져야겠지. 옷은 자꾸 나이 들어가는데, 더 조심히 입어야지. 약값이 덜 들도록 건강해져야 돼. 노트북은 언제 제 생명을 다할지 모르지만 이젠 연필로 종이 위에 글 쓰는 일이 자연스러워. 내일, 오늘 공들여 쓴 문장들을 뒤엎고 시와 숨바꼭질을 해야겠지만, 그래서 난 또 괴롭겠지만, 마냥 꿈꾸던 여행글을 정말로 완성하고, 어쩌다 보니 디지털 시대 독자들의 수용 능력에 부합할 만한 글을 써봤고, 언젠가 도전하지 않을까 너무 거창해 보였던 소설도 하나 쓴 것처럼 난 꿈은 이루지 못 했어도 하고 싶은 일을 하고 있다. 그러네. 정말. 이룬 건 하나도 없지만 다 해냈다. 너무 부족했는데, 비웃음과 무안을 그렇게 들었는데 결국 이렇게 또 글을 쓰고 있다.

내일 나의 의지와 상관없이 그만두게 되더라도 난 오늘 하루 그 어떤 생명도 끝내지 않고 살아냈다. 엉망이고 진창이고, 서툴렀고, 따라서 민망하기까지 했지만, 그런 하루 살아내 줘서 얼마나 고마운지.

그러니까,

하루만 더, 부디 하루만 더.

글이 쓰고 싶다.

오늘 완성 못한 시, 내일은 끝내길.

글감이 또 떠오르길, 또 찾아내길.

아직 시나리오 작성도 못 해봤는데.

지금 안고 있는 표현, 내일까지 무사하길.

이렇게 길 가다가 소중한 걸 알아보길, 못 알아보고
지나치지 않길.

모든 우연은 그저 해프닝이었고,

과거는 운명이었고, 숙명은 그림자이며,

나는 그렇게 길 가다가

나에게 소중한 걸 놓치지 않길.

내가 꼭 알아 볼게.

하고 싶은 게 몹시 많은데.

그러니까,

하루만 더, 부디 하루만 더

살아내자.

퍼러우리한 시간 2시
무얼 싫어하는지 모르는 그대에게

무시

무의미한 반복

무책임한 희망

무례

청결하지 못한 장소

문제 삼지 않으면 문제되지 않을 걸 문제 삼는 태도

겉으로 봐도 추한 것

빚지고 사는 것

제때 잠들지 못하는 것

꿈꾸느라 선잠에 드는 것

포장

건성

편견

겉모습으로 판단을 굳히고 바꾸지 않는 태도

나태

겉멋

어쩔 수 없는 걸 바꾸려고 애쓰거나 마음을 쓰는 태도
괴로움을 입 밖으로 꺼내지만 해소되지 않을 때
부담
눈치
인간을 불쌍히 여기는 태도
구질구질한 것
생색
마음 속 상처를 입 밖으로 꺼내게 만드는 독촉
내키지 않는 느낌
질투
증오를 품고 사는 것
사람이 죽은 뒤에 찬양을 시작하는 것
오해
두통

좋아하는 건 많을수록 좋고
싫어하는 건 분명할수록 좋다.

퍼러우리한 시간 2시 30분
무얼 좋아하는지 모르는 그대에게

보조개

내 이름을 부르는 다정한 목소리들

잘 쓴 글

예쁜 말

시의적절한 우연

한글

아방가르드한 선

아량

예측불가성

이질성에서 비롯한 새로운 화합

야망

개성

풍부한 눈빛

멋

직감

패션

아카시아 향

장미의 자태

침착

숨이 턱 끝까지 차오를 때까지 뜀박질을 멈추지 않는
것

과감

솔직

원두 향

자유

여행

우정

사랑

싫어했던 걸 좋아하게 될 때

용기

못 해본 걸 해볼 때

인생에선 언제 어디서
배반이 기다리고 있을지 몰라.
그러니 얼른 기뻐하도록 해.

퍼러우리한 시간 19시
집을 그리는 그대에게

'미아'가 집에 들어오고, '세바스찬'은 피아노를 연주한다. 둘은 함께 노래를 부른다.

들여놓고 싶은 가구는 딱히 없다. 샹들리에가 부쩍 끌리지만 천장이 아닌 바닥에 두고 싶다. 가장 화려하고 투명한 걸로 골라야지. 그 다음 구석에 애매하게 밀어 넣을 작정이다. 샹들리에와 대각선 방향에 바실리 의자 같은 모던한 의자 하나를 갖다 놔야겠다. 무게감 있되 우아한 자태 하나만으로 고독은 친구가 되고 외로움은 썩 꺼질 것이다. 벽은 흰색 페인트를 바를까 꽤 고민이 된다. 어쨌든 벽이 흰색이어야 함은 그 어떤 결정보다 단호하다. 바닥은 어찌 될지 잘 모르겠다. 삼각형의 마지막 꼭지점엔 조명을 두면 어떨까. 식물은 내가 챙겨 줄 자신이 없고 장식물은 내키지 않는다. 화려함과 거리가 멀고 단정하고 독창적인 디자인의 조명이면 적당할 성싶은데. 나에게 무슨 일이 생겨도 집안에 멘디니의 조명을 들여놓겠다고 주먹을 불끈 쥐기까지 하며 다짐한 지 오래긴 한데, 그 자리엔 사탕처럼 톡톡 튀는 디자인보다는 진중하고 중후한 멋을 내뿜고 세월과 발 맞출 디자인의 조명이 더 어울리지 않을까? 어렵다. 어떤 조명이 되어야 할지 도무지 감이 잡히지 않는다. 아마 내가 아직 발견하지 못한 거겠지. 그렇다면, 언젠가 발견하겠지. 나의 지향점은 스티브 잡스의 젊은 시절, 급진적으로 미니멀했던 집이다. 아무것도 없는 집안, 극도로 심플한 조명의 빛 아래 가부좌를 틀고 있는 스티브 잡스의 모습은 위풍당당하면서도 아름다웠다. 그게 전부였지만 결코 전부가 아니었다. 텅 빈 상태나 다름없었지만 동시에 무한했다. 집을 채울 수 있는 존재가 굳이 가구일 필요는 없다고 그렇게 사진 한 장으로 배웠다. 그러니 의자와 정면으로 마주보는 흰 벽엔 영화를 재생시켜 놓고 싶다. 텅 비어서 무엇이든 가능하므로, 영화가 날 맞이하도록.

　내가 집에 돌아왔을 때 영화가 재생되고 있으면 얼마나 좋을까. 어떤 장면이 나를 반겨줄까. 영화 '라라랜드'의 경우엔 어느 장면이든 상관없다. 그래도 이왕 좋은 우연이 작용될 수 있다면, 내가 집에 들어설 때마다 세바스찬이 피아노로 재즈를 연주하고 있길 바란다. 그럼 그 연주가 하루 바깥에서 수고한 날 위한 보상으로 다가오겠지. '라라랜드' 말고도 배우 티모시 샬라메가 보고 싶다. 티모시 샬라메가 출연한 영화에서 그가 나오는 장면만 편집해서 마치 하나의 단편집처럼 만들면 어떨까. 내가 하루 바깥에서 세상물정으로부터 혹사당하고 집으로 돌아와도, 가 버린 사랑에 예쁘게 눈물 짓는 그의 모습을 보면 입에서 험한 말을 뱉고 싶은 걸 절로 잊고, 살아 움직이는 조각상 감상에 완벽히 탐닉할 것이다. 티모시 샬라메의 '로리'는 '엘리오'와 어딘가 결이 비슷하다 싶다가도 전혀 다른 인물이다. 사랑을 애원하는 그를 영화관에서 보고 숨이 멎는 줄 알았다. 반대로 숨이 다 차올라 집에 도착해서 그 장면을 보면 난 도리어 새 숨을 얻겠지. 티모시 샬라메가 연기한 배역 중 가장 장미다운 존재는, 주저 없이 말하건대, '개츠비'다 그 이름도 어쩜! 그 인물을 보면 안 되었지만 도저히 거부해내질 못하고 결국 굴복하고 말았다. 난 마치 금기의 꽃을 꺾은 '벨'이 된 것처럼, 하지만 그와 달리 금기인 걸 알고 눈을 딱 감은 채 장미꽃을 손으로 꺾었다. 훗날 가시에 찔려 손에서 피가 흐르는 걸 감수하게 될지라도, 내 눈에 영원히 담기 위해 저 어여쁜 장미꽃을 꺾은 걸 후회할 일은 영영 없을 거라 장담한다. 그러니까, 티모시 샬라메의 '개츠비'가 비가 주룩주룩 내리는 날 치는 피아노 연주는 영화사에 길이 박제시켜야 할 정도로 아름다웠다는 얘기다. 그 장면을 집에 돌아오자마자 보면 하루 바깥에서 일어난 온갖 잡다한 해프닝도 낭만의 형태로 차갑고도 쓰디쓰게 넘길 수 있을지도 모르겠다. 신이 주신 걸작을 논하자니 톰 히들스턴의 '스콧 피츠제럴드'를 떠올리지 않을 재간이 없다. 실제 스콧 피츠제럴드보다 더 피츠제럴드 같았던 그가 영화 속에서 아내 '젤다'를 안으며 "우리 젤다 예쁘지요?"라고 하는데, 세상에, 피츠제럴드가 부활한 줄 알았다. 그 외에도 괄괄한 성미와 불 같은 심성의 헤밍웨이, 엉뚱하고 사랑스러운 달리, 그 어떤 미사여구도 거추장스러울 뿐인 피카소, 나의 곁에도 있길 바라는 존재인 거트루드 스타인, 정말로 어떤 인간인지 궁금한 젤다가 모인 저 시대 저 파리에 갈 순 없는 걸 아니 영화로라도 좋으니 벽에 걸어 놓고 밤의 파리를 걷고 싶다. 낮의 파리는 영화 '새 구두를 사야 해'와 '비포 선셋'에서 구경하면 된다. 파리 마실이 끝나면 숲과 바다, 다시 파리로 온다고 해도, 자연이 가득한 곳으로 눈길을 넓히고 싶다. 에릭 로메르의 영화가 내겐 적당하다. 장 뤽 고다르의 영화는 너무 서늘했다. 수수께끼 같은 대화들과 서정적인 풍경, 이래나 저래나 가련한 인물들을 연민하지 않는 신을 닮은 음악, 그리고 꽤 단순해 보이지만 고차원적인 어떤 것; 긴장하지 않고 보고, 보고 나면 기분이 얼얼해지는 영화; 물 한 잔을 깔끔하게 마신 듯한 기운을 주는 영화; 유머와 고뇌가 적절히 어우러진 영화; 촌스러움이나 과한 군더더기는 찾아볼 수 없는 세련된 영화; 시를 연모하는 영화; 그런 영화를 찍고 싶다. '졸업'과 '티파니에서 아침을'! 모던하고 스타일리쉬해서 보고 또 봐도 또 보고 싶으면 좋겠다. 그렇지, 쓸쓸함과 낙천성의 멋을 빼놓으면 안 되지. 간결하고 전위적이면서 무심해야 한다, 계산적이지 않고 자연스러워야 함은 물론이고. 정말 아무 고민 안 하고 그런 아름다운 것에만 몰두하면 얼마나 즐거울까! 먼 미래와 꿈, 희망에 빠지면 폭삭 늙어버리지. 이쯤에서, 어차피 '티파니에서 아침을'을 언급했으니 말인데, 무대를 봐야 한다. '티파니에서 아침을'에서 '홀리'가 '문 리버'를 부르는 장면, '셰임'에서 '씨시'가 '뉴욕, 뉴욕'을 부르는 장면, '밤의 해변에서 혼자'에서 '영희'가 이름 없는 노래를 부르는 장면: 어쩌면 저리도 처연한데 오롯할까. '비긴 어게인'의 '그레타'도 참 좋다. 어여쁘기도 하다. 슬픔의 양이 어느 정도 찼으니 기쁨의 양을 그만큼 맞출 차례다. 사랑은 'Happy-Sad'라고 '싱 스트리트'의 '라피나'가 그랬다. '싱 스트리트'는 슬픔으로 기쁨을 노래해서 많고 많은 영화 중 유독 애틋하다. 특히, '훔친 차를 몰듯이 달리라'는 노래의 공연은 보석이다. '코너'는 이 노래를 부르며 현실에선 절대 이뤄질리 없는 것, 즉 환상을 마음껏 풀어놓는다. 꽉 찬 관객석, 노래에 맞춰 춤을 추는 사람들, 그 가운데 함께 춤을 추며 웃는 엄마와 아빠, 공연에 놀러온 사랑하는 '라피나', 멋지게 나타나 악당을 응징하는 형: 상처와 아픔 하나 없는 반짝반짝 빛나는 축제. 절대 현실이 될 수 없는 것들에 후련하게 노래를 부르는 '코너'의 용기가 언제나 미소를 자아낸다. '코너'는 환상과 꿈을 구별할 줄 알았고 뭐든 주저하는 법이 없어 '라피나'와 뒤도 돌아보지 않고… 아니, 뒤에서 자신을 응원하는 형을 똑바로 인지하고 꿈에 도착할 배에 오른다. 그런 '코너'와 '라피나'를 향해 형은 환호성을 지르며 손을 번쩍 들고 뛰어오른다. 그 형이 없다면 이 영화는 완성되지 않았을 것이다. 그 모두에게 응원가로 '오늘은 틀려도 내일은 맞을 테니 어서 가'라는 노래가 흐른다. 용기를 결심했으면 굳힐 때다. '위대한 쇼맨'을 관람해야 한다는 의미다. '위대한 쇼맨'보다 뛰어난 명작이나 걸작의 뮤지컬 영화는 사실 많지만, 그 어떤 명작이나 걸작도 따라잡을 수 없는 점이 있는데 바로 구가와 만끽이다. 홀대도 모자라 천대까지 받은 사람들이 모여 서로에게 힘을 북돋아주고 자신의 재능을 펼친다. 그래서 모두 몸짓은 우렁차고 목소리는 고무적이다. 그들의 공연을 보고 있자면 분명해지는 것들이 많다. 가장 확실하게는, 상황이 싫은 거지 포기하고 싶지 않다는 것. 결심을 굳혔으면 실행해야 한다. 단연, '월터 미티의 상상은 현실이 된다'가 적격이다. '상상'도 귀엽고 웃음을 자아내지만, 그래도 상상도 못했던 '현실'이 보다 더 뭉클하고 특별하다. 언제든 유독 보고 싶은 장면은 '월터 미티'가

아버지와의 추억이 서린 보드를 타고 비탈길을 짜릿하고 시원스레 미끄러져 내려갈 때다. 순간의 기지나 착한 천성이 아니라 이때만큼은 원래 쭉 그래왔던 것처럼 거침없이 나아가는 보드 위에서 두 팔 벌려 자유를 누린다. 자유는 용기에 따른 보상이 아닌 것이다. 용기라는 행동으로 움직일 때 비로소 공기 속에서 자유를 들이 마실 수 있다. 이와 함께 상기되는 '하늘을 걷는 남자.' 지켜보는 이는 안절부절인데 공중에 발을 딛고 하늘을 향해 마주 누운 '펠리페 페팃'의 표정은 여유만만이다. 무모하지 않으면 꿈이 아니라고 생각한다. 이제 난 괜찮다. 그러니까 내가 어떤 마음으로 집에 돌아와도 이렇게 내가 아끼고 사랑하는 존재들이 날 반기고 있다면, 그곳이 집인 거다.

마음씨 착하고 아량이 넓은 '세라'도 그날만큼은 정도가 지나치다고 생각했다. 하루 종일 아무것도 먹지 못했고(사실 그런 적이 많았지만), 게다가 작고 허름한 옷과 낡아서 구멍 난 신발만으로 추위를 버티며 심부름 갔다 오는 일을 하고 아이들을 가르치기까지 했다. 춥고 배고픔에 서러워도 세라는 상상력을 발휘했지만 교장 선생님은 가혹하게도 그마저도 짓밟았다. 세라는 그럼에도 불구하고 따뜻한 난로와 침대를 상상하며 잠에 들었다. 그리고 문득 평소와 다른 분위기에 잠을 깨니 눈앞엔 자신이 상상하며 바란 따뜻한 난로와 침대, 음식이 나타나 있었다. 세라는 자신에게 마법이 일어났고 자신을 지켜봐 주는 친구가 있음에 기뻐했다. 그런 기적 같은 마법, 나도 받아들일 준비가 되어있는데.

사람이란 무릇 자기 공간이 있어야 하는 법이다. 그렇다고 해서 주어진 자기 공간이 처음부터 마음에 드는 법은 없다. 단순히 꾸밈만으론 해결되지 않는다. 난 그래서 향을 더했다. 여행의 산물인 향이다. 좋아할 거라고 생각해본 적도 없는 향이었기에 더 좋다 이국적 정취, 정다운 흙내음, 그 속에서 새침하게 피어오르는 상큼함이 조바심 난 마음을 가라앉히고 잊혔던 감각을 깨운다. 이런 향이 나의 공간을 아주 조심스럽고도 은은하게 맴돈다. 들뜨면 이 향을 맡을 수 없다. 차분히 있으면 향이 살금 살금 다가와 살랑인다. 이렇게 향을 낮게 깔고 음악을 살 포시 덮는다. 그러면 잠깐 나갔다 들어와도 마중하고 환영하는 분위기가 여전하다. 내가 '베이비 드라이버'의 '베이비'나 '어벤져스'의 '닥터 스트레인지'는 아니어도 내 플레이리스트, 꽤 괜찮다. 좋은 음악을 많이 아는 사람이 된지는 자신은 없지만, '플레이리스트를 보면 그 사람을 알 수 있다'는 '비긴 어게인' 속 '댄'의 말에 비추어 보면 현재 내 플레이리스트는 꽤 괜찮다. 기분 좋게 맹세할 수 있다. 10년의 시간이 깃든 플레이리스트의 색깔이 어떻게 다채로워질까 유치원 창 너머로 아이를 걱정스럽고도 대견하게 지켜보는 부모처럼 유심히, 약간은 무심하게 관망하고 있다. 최근 들어, 특정 몇몇 가수들에 열중하게 되었고 재즈와 클래식이 플레이리스트를 차지하는 자리가 부쩍 많아져 흥미롭게 관찰하고 있다. 게다가, 알고 보니 비틀즈보다 퀸이 내 취향에 부합한다는 재발견이나 마야 호크라는 가수의 발굴이 흡족하고, 같은 곡이라도 다른 곡으로 부르는 가수들을 찾는 재미도 쏠쏠하다. 그 가운데, 내가 뭘 좋아하게 될지 가능성을 열어 두는 자체가 설렌다. 한편으론 이렇게 플레이리스트 키우기에 열성이면서도, 아예 영화 배경음악이나 주제곡 앨범을 정직하게 재생시켜 놓기에 흠뻑 빠졌다. '위대한 쇼맨', '티파니에서 아침을', '졸업', '미드나잇 인 파리', '콜 미 바이 유어 네임', '결혼 이야기', '팬텀 스레드', '고흐, 영원의 문에서', '비포 선라이즈', '라라랜드', '라이크 크레이지', '오만과 편견'의 음악을 마음에 걸맞춰 고른 다음 나직이 틀어 놓고 잠시 나갔다 들어온다. 그럼 외롭지 않고 고독하다고 생각한다. 그렇게 내 눈엔 책장이 들어온다. 책장엔 나의 책들이 꽂혀 있다. 저기 상처받지 않은 내가 있다. 그리고 오래 전의 꿈도 저기 함께 있다.

'내가 쓴 책도 다른 누군가의 책장에 이렇게 꽂혀 있으면 얼마나 좋을까.'

세바스찬은 미아에게 있어 일깨우는 사람이다.

"당신은 그냥 배우가 아니잖아요. 어렸을 때부터 직접 극본을 쓰고 연기한 배우라면서요."

"본인 방식대로 해요."

"배역을 따내면 당신의 전부를 쏟아 부어야 해."*

미아는 그런 세바스찬의 음악을 들으면 늘 그에게 달려갔다.

*감독 데이미언 셔젤(Damien Chazelle). 영화 *라라랜드*(*La La Land*). 제작 Summit Entertainment, Marc Platt Productions, Imposter Pictures, Gilbert Films. 2016

퍼러우리한 시간 21시
아직 휴가를 떠나지 못한 그대에게

　높이 올라간다고 해서 맑은 하늘의 풍성하고 또렷한 별을 볼 수도, 만질 수도 없을 바에야 낮고 공기 맑은 곳으로 가겠다. 문명의 소리와는 멀고, 속세의 소음은 마땅히 끼어들 곳이 없고, 파벌 간 소란은 죽는 곳. 소동과 소용돌이는 소잔하는 곳. 소나기는 요란 떨지 않고 소록소록 내릴 줄 알고 그 가운데 겹어둠은 소담하며 그 안에서 잠에 소르르 들 수 있는 곳. 그래, 그곳이라면 별을 아주 마음껏 볼 수 있겠다. 나는 그곳으로 떠나길 소망한다, 따뜻한 공기가 감싸 도는, 내가 모르는 곳으로. 그곳도 나를 모르고.

　시간은 9시 정도면 더할 나위 없겠다. 10시는 너무 밤이고 8시는 너무 저녁이다. 사방은 꽤 어둑어둑하지만 하루를 마감하려는 서두름보다는 서툴더라도 남은 하루를 즐겨 보려는 기색이 묻어나는 빛 정도는 환영이다. 가까운 주변엔 산이, 먼 주변엔 바다가 있어야 온당하다. 그래야 이따금 들려올 산새가 배쫑배쫑 우는 소리, 산 속

나뭇잎들과 바람이 서로 손뼉을 부딪치는 소리가 그 산 너머 바다의 철썩철썩 파도 치는 소리와 다른 높낮이로 어울릴 테니까 말이다. 그 삼중주 아래로 더 얇고 작은 소리로 어떤 낭만가 곤충이 울어주면 더 운치 있겠다. 그렇게까지 하면 외로운 기분은 전혀 들지 않을 성싶다. 그 가운데, 그 가운데서 수영장이 하나 있는 거다. 아담하지 않지만 그렇다고 해서 이기적이지 않은 크기의 수영장이다. 수영장이 빛공해가 아닌 진짜 달빛으로 반짝이면 얼마나 좋을까! 그럼 나는 그 밤을 닮은 수영복을 입어야 한다. 밤을 깨뜨리지 않으려면 요란한 장식이나 자질구레한 디자인은 허락할 수 없다. 그저 간단한 구조의 검디검은 수영복이면 된다. 그 수영복을 입은 난 수영장에 발을 살짝 담근다. 그대로 목을 쭉 뻗고 팔을 벌리고 가슴을 펴서 폐부 깊숙이 상쾌하고 맑은 공기를 들이마신다. 농밀한 꽃내음이 깔린 공기의 기저까지 닿을 수 있도록 깊이, 아주 깊이 공기를 들이마시는 거다. 그리고 숨을 잠깐 멈춘다, 이 다음을 위해. 동시에 고개를 든다. 자, 이제, 마치 잠영 후에 수면 위로 올라와 물을 내뿜는 고래처럼 숨을 길고 힘차게 내쉰다. 나의 심장이 수영장의 일렁거리는 물결과 같은 박자로 약동한다. 그 심장의 높이까지 물이 살랑거릴 만큼 수영장의 바닥으로 찬찬히 내려온다. 몸놀림을 물결과 일치시킬 차례다. 잠시 눈을 감는다. 한

동안 생각을 멈춘다. 오로지 흐름에 전부를 맡긴다. 물아일체(物我一體), 물심일여(物心一如), 호접지몽(胡蝶之夢)이다. 난 몸에 힘을 모조리 뺀다. 뒤로 눕는다. 물 위에 뜬다. 난 수평선 위에 누워 발을 조심히 구른다. 배영한다. 감았던 눈을 뜬다. 하늘과 물은 같은 색이다. 하늘과 물에서 별빛이 반짝반짝거린다. 난 하늘 안에서 유유히 잠영한다. 손을 뻗으면 별이 만져진다. 난 하늘과 바다에 안겨 자유롭다. 난 우주 안에서 헤엄친다. 바람과 구름은 날 스치고, 별들은 내 옆에서 재잘거리며, 은빛 달은 길을 내어준다. 난 우주의 경이 속, 살아 있다.

저어 낮고 공기 맑은 곳, 나, 별과 달을 안고 오리.

여어 어디쯤인지 모를 시끄럽고 탁한 곳, 나, 그대 두 손에 별과 달을 담아 드리리.

퍼러우리한 시간 5시
약속시간에 늦는 그대에게

　샤넬이 그랬다: "나는 여자가 어떻게 예의상 최소한의 단장도 하지 않고 외출할 수 있을지 모르겠어요. 왜냐하면 누가 알겠어요, 오늘이 바로 운명의 상대를 만나는 날일지. (I don't understand how a woman can leave the house without fixing herself up a little - if only out of politeness. And then, you never know, maybe that's the day she has a date with destiny.)" 그래서 잠에 들기 전 단장한다. 오늘은 잠이 약속 시간에 맞춰 와 주길 바라며 말이다. 그런데 사실 설렘보다 긴장감이 심해진 지 꽤 오래다. 잠이 오기 전 아직도 긴장된다. 매일 그러는데도 영 익숙해지질 않는다.

　뜬눈으로 밤을 새다가 어느새 지쳐 잠에 들어버렸고 일어나니 네 시였다. 방은 가마솥처럼 펄펄 끓었고 창문을 열어도 오히려 바람이 밖은 덥다며 안으로 들어와 들어 눕기만 했다. 덕분에 일어나도 기분은 개운하질 못했다. 세상엔 '이러다 말겠지'와 같은 건 없었다. '이러다 말겠지' 하다가 '이러다 죽겠네' 싶어 뭔가 내 선에서 대책을 강구해야겠다 굳게 결심할 수밖에 없었다.

가장 먼저 한 일은, 자기 전에 손목 위로 향수를 뿌리는 것이었다. 의학적인 증거가 있는 건 아니고, 그저 마릴린 먼로가 샤넬 N'5(넘버 파이브)가 제 잠옷이라길래 흥미로워 착안해 본 것뿐이다. 그래서 효과가 좀 있었나 따지면 그다지 자신은 없다. 구색은 꽤 근사하나, 효험은 기대와 달리 오락가락이었다. 어떤 날은 잠이 금세 들었다가도, 어떤 날은 말짱 도루묵이었다. 얼마 못 가 그만두었다. 게다가, 조금 나중에 겪고 나서 안 건데, 잠에 들고 싶다고 아무 향수나 뿌렸다가 멀미 비슷한 증세가 나타난다. 나의 호기롭고 낭만적인 시도는 다소 싱겁게 끝나는구나 입을 비죽거렸다가, 굉장히 의아한 발견을 해내었다. 어느 날 학교 수업에 그 향수를 뿌리고 갔는데 수업을 듣다가 깜빡 존 것도 아니고 흠뻑 잠에 든 것이다! 드물게 몸 상태가 가뿐하고 정신이 유독 개운했던 날이라 도대체 이 무슨 황당한 일인가 어리둥절해서 평소와 다른 점을 따졌다. 유일한 특이점이자 차이점은 그날만 향수를 뿌렸다는 것. 난 이 요상하고 신통한 데서 웃음이 피식 났다. 그러니까 잠에 들려고 뿌린 향수가 엉뚱하게도 굳이 잠들지 않아도 되는 상황에서 제 능력을 발휘했다. 무슨 파블

로프의 개 실험처럼, 몸과 뇌가 그 향수를 맡으면 잠에 들어야 한다고 인지하게 되어 버렸다. 잠과의 실랑이는 해결되지 않았으나, 어부지리적 성과로 집이 아닌 바깥에서 잠을 해결해야 할 일이 생기면 그 향수를 뿌린다. 그 향수는 장미 향수다. 그 후, 이왕이면 조금 더 좋은 장미 향수가 쓰고 싶어 여러 장미 향수를 시향하고 또 시향했다. 그에 대한 개인적 소감으론, 장미는 비일비재하게 쓰이는 향수 원료임을 실감했다. 굉장히 예민한 후각의 소유자나 훈련된 조향사가 아닌 이상 어지간하면 브랜드마다 있다고 볼 수 있는 장미 향수를 명확하게 가려내기 어렵다. 시향하다 지쳐, 한편으론 이미 쓰고 있던 엄마의 장미 향수가 이미 나의 기준이 되어버려 여직 다른 장미 향수를 맞이하지 못했다. 그러나 이젠 그 향수를 다른 향수로 대체할 생각이 없다. 친구 정도는 얼마든지 만들어주고 싶긴 하지만 이조차도 뜻대로 되질 않는다. 어쨌거나 공교롭게도 그 향수의 이름 뜻은 '바라던 삶을 살아라.'

향수 시도의 싱거운 결과 후, 이것저것 해 보았지만 다 시답잖을 뿐이었다. 그나마 타율이 가장 높았던 경우는 대추차였다. 어쩌다가 선물을 받았는데 그게 우연찮게도 대추청이었고, 대추차를 마시면 목장 주인도 아닌 내가 베개에 머리를 뉘이고 양을 몇백 마리 세지 않아도 되었다. 머리만 대면 뿌연 덩어리 같은 꿈을 꾸는 잠에 빠졌다. 신기할 따름이었다. 그렇게 얼마간은 잠에 잘 들었다. 한시름 놓았다고 안심했다. 하지만 아쉽게도 얼마 못 가 대추청이 똑 떨어졌다. 대체품으로 시중에 나온 분말 대추차를 사다 마셔보았지만 무용지물이었다. 그 후 또 시간이 지나서야, 대추즙을 구했지만 효과를 바라기 앞서 너무 '즙'다운 맛에 머리가 다 찡했다. 기대했던 효과도 무슨 일인지 들쑥날쑥했다. 결국 원점이었다. 실망감이 적지 않았다. 더불어, 알쏭달쏭했다. 어찌된 영문일까.

오늘은 어떻게 장미 향수를 뿌려야 하나 대추즙을 마셔야 하나 약간 고민한다. 그러다가 아무것도 안 하게 되었지만, 가끔, 혹시나 싶어. 나는 널 위해 이렇게 단장하는데 넌 왜 약속을 지키겠다는 기별조차도 없니, 이 야속한 잠. 네가 매번 늦으니 내가 꿈에 끌려가잖아. 꿈이 내 어깨를 잡고 얼마나 흔들어대는지 넌 몰라. 약속시간 좀 지켜주겠니, 제발. 아니면, 늦으면 늦는다고 미리 얘기 좀 줘. 알겠지? 맨날 나만 기다리잖아.

퍼러우리한 시간 18시
가능성을 믿는 그대에게

비눗방울 부는 건 그 자체만으로 참 즐거울 따름이다. 난 그런 얘기를 많이 들었다, 사람들은 꿈을 가득 담아 비눗방울을 분다. 나는 그보다는 가느다란 숨결로 비눗방울을 불고는 그 가녀린 투명과 올찬 막이 이룬 그 몽환 속에서 도리어 꿈을 보았다.

오드리 헵번의 '티파니에서 아침을'과 '로마의 휴일'을 도저히 잃을 수 없어서 '오드리 헵번이 21세기 근방에서 연기했다면 어땠을까'와 같은 질문은 삼가겠다. 그러니 오드리 헵번을 그 시대에 고스란히 둔 채 바람만 더한다. 그 재능 많은 오드리 헵번이 '티파니에서 아침을'의 '홀리'와 '로마의 휴일'의 '앤 공주' 외에 연기해 주었으면 하는 배역들의 예시:

엘리자베스 올슨이 맡은 '마블 시리즈'의 '완다'

스칼렛 요한슨이 맡은 영화 '결혼 이야기'의 '니콜'

앤 해서웨이가 맡은 영화 '비커밍 제인'의 '제인'

오드리 토투가 맡은 영화 '아멜리에'의 '아멜리에'

키이라 나이틀리가 맡은 영화 '콜레트'의 '콜레트'

루니 마라가 맡은 영화 '캐롤'의 '테레즈'

나탈리 포트만이 맡은 영화 '블랙 스완'의 '니나'

산드라 블록이 맡은 영화 '그래비티'의 '라이언 스톤'

시얼샤 로넌이 맡은 영화 '그랜드 부다페스트 호텔'의 '아가사'

마고 로비가 맡은 영화 '아이, 토냐'의 '토냐'

그 시대엔 왜 이런 배역이 없다시피 했나.

전도연이 맡은 드라마 '굿와이프'의 '김혜경'

김민희가 맡은 영화 '밤의 해변에서 혼자'의 '영희'

김희애가 맡은 영화 '윤희에게'의 '윤희'

공효진이 맡은 드라마 '질투의 화신'의 '표나리'

우리나라에도 좋은 배역들이 많은데, 환경만 바꾸면
가능하지 않을까.

김혜자가 맡은 드라마 '눈이 부시게'의 '혜자'

메릴 스트립이 맡은 영화 '더 포스트'의 '캐서린'

프랜시스 맥도먼드가 맡은 영화 '쓰리 빌보드'의 '밀드레드'

오드리 헵번이 조금만 늦게 떠났더라면 어땠을까.

탕웨이가 맡은 영화 '지구 최후의 밤'의 '완치원'

나카야마 미호가 맡은 영화 '러브레터'의 '후지이
이츠키'

주동우가 맡은 영화 '칠월과 안생'의 '안생'

이런 배역들도 괜찮을 것 같은데.

브래드 피트가 맡은 영화 '애드 아스트라'의 '로이 맥브라이드'

개리 올드먼이 맡은 영화 '다크 나이트'의 '고든'

아담 드라이버가 맡은 영화 '패터슨'의 '패터슨'

성별을 바꾸면 이런 역도 충분히 소화할 것도 같은데.

샐리 호킨스가 맡은 영화 '블루 재스민'의 '진저'

엠마 스톤이 맡은 영화 '라라랜드'의 '미아'

'틸다 스윈튼'이 맡은 영화 '아이엠러브'의 '엠마'

이 밖에도 많을 텐데…

없어서는 안 될 배역에 없어서는 안 될 배우들. 소속된 환경과 사회 안에서

다양한 사고와 가치관으로 자신만의 이야기를 창조하는 배역과 배우.

오드리 헵번이 이 시대에 태어나 저 역할들을 모조리 맡는다면

그만의 인물이 탄생되겠지만, 저 역할들을 맡은 배우들은 일자리를 잃겠지.

그러니 십인십색의 배역이 그 시대에 많았다면,

그래서 오드리 헵번이 '홀리'와 '앤 공주'외에도 다른 주체를 맡았다면

어땠을까 골똘할 수밖에.

비눗방울은 가벼워 잘도 날지만 결국은 톡! 사라진다.

그리고 그 자리엔 비눗물이 미끌거리는 바닥뿐이다.

나는 비눗방울을 불고 나면 늘 바닥을 깨끗이 씻어 내렸다.

퍼러우리한 시간 11시
영화관을 아는 그대에게

　　아침에 영화를 보는 건 나의 순수한 의지에 기반하지 않았다.

　　'돈 오백 원이 어디냐고' 조조할인을 고집했다던 청년은 실은 '그대'를 조금이라도 일찍 보고 싶어서 그랬다고 한다. 그게 부럽지는 않고, 나는 다만 아침에 영화를 보는 이유가 꼭 그 때문은 아니라는 걸 널리널리 알려 보고 싶을 뿐이다.

　　어찌 됐든 간에, 영화 시장, 정확히 말하면 영화관에 관련된 시장은 안타깝게도 점점 각박해지고 있다. 그때의 '돈 오백 원'과 지금의 '돈 오백 원'은 완전히 다른 금전 개념일 텐데, 그때나 지금이나 영화를 보려고 영화관에 가는 사정은 궁하다. 할인 받아 영화를 볼 수단은 거의 없기로서니와 있어도 여간 까다로운 게 아니다. 결론은, 한 푼이라도 아껴서 보려면 조조할인으로 영화를 봐야 한다. 보통은 최저 시급에 간당간당한 가격에, 운이 좋으면 6000원에 볼 수 있다. 포인트를 도토리를 모으는 다람

쥐처럼 모으면 간혹 사막에 비 내리는 간격처럼 포인트의 수혜로 6000원보다 싸게 볼 수 있다. 내 사전에 영화를 12000원에 보는 일이 생기긴 할까.[*]

그런데 꼭 돈 때문에 영화를 아침에 보는 건 아니다. 상당히 억울하게도 내가 보려는 영화는 다 아침에만 상영된다. '좋은 영화'가 부쩍 몰리는 시기가 있고, 난 정말 감사하게도 그 시기를 놓치지 않았다. 대학의 마지막 학년을 시작했던 무렵은 내가 족쇄를 풀기 위해 벌새처럼 덜덜거리는 심장을 부여잡고 마음의 수용치를 넘어선 사람들의 언어가 쓰인 문제집을 머릿속과 입매의 움직임으로 욱여넣던 시기이기도 했고, 영화계 르네상스 경험기인 동시에, 희망에 미친 시절이었다. 그 '좋은 영화'들을 보는 짧고도 긴 시간만큼 유일하게 난 '나'인 동시에 '나'에게서 벗어날 수 있었다. 그래서 그땐 엄마가 나를 두고 '영화에 미쳤다'고 했다. 얼마나 근사한 말이야! 항상 '왜 대충 살아, 미치고 살아도 시원찮을 판에'라고 생각하는데, 영화 덕분에 영광스러운 호를 얻은 셈이다. 당시 난 '소공녀'를 보며 마음이 무거운 와중에 든든했고 이런 영화가 우리나라 영화라서 자랑스럽고 쓸쓸했다. '사랑의 모양'을 보며 익숙하지 않은 기괴한 아름다움을 사랑하게 되었고, '리틀 포레스트'를 보며 작지만 절대적인, 하지만 남들은 몰라도 괜찮을 지극히 개인적인 기쁨을 숙고하기 시

[*] 이 글은 영화 관람료가 인상되기 전 썼습니다. 작문 시기를 감안하여 읽어주세요.

작했다. '팬텀 스레드'를 보고는 PTA의 팬이 되었고, '플로리다 프로젝트'를 보며 이 세상은 예쁘거나 잘못됐다고 생각했다. '쓰리 빌보드'를 보았을 땐 경외감에 몸을 떨었고, '더 포스트'를 보고는 존경심을 빚었다. '코코'를 보며 '끝은 어디일까'라고 궁금하기를 관뒀고, '위대한 쇼맨'을 보면서 남들이 미쳤다고 할 때 기꺼이 해내는 용기에 눈물지었다. '올 더 머니'를 보고 리들리 스콧 감독과 배우 미셸 윌리엄스에 대한 믿음을 굳히기로 결심했다. '다키스트 아워'를 보며 배우의 존재가 얼마나 위대한지 깨닫기도 했다. '1987'을 보고는 책임에 대해 숙고했던 바 있다. '콜미바이유어네임'으로 난 기적이란 걸 믿고 싶어졌고, '아이, 토냐'로 진실이 얼마나 중요할까 의문이 들었다. '레이디 버드'를 보았을 땐 마음이 따뜻했다. 이 영화들을 도저히 놓치고 싶지 않아서 새벽 세시에 몸져 눕듯이 잠에 들고 아침 여덟시에 피로에 찌든 몸을 억지로 일으켜 빈속으로 영화관으로 향하곤 했다. 영화관으로 자주 걸어 다녔고, 내가 돈 벌어서 영화를 보지 못한다는 미안함에 점심은 늘 집에서 샌드위치를 싸서 다녔다. 위장은 낡은 벽처럼 허물고 정신은 깎아지른 절벽처럼 마냥 예민해져도, 그때 나에겐 영화밖에 없었다. 이 영화들을 보지 않았다면 난 미쳐버렸을 것이다. 그러나 이 영화들이 상영됐던 시각, 영화관엔 사람들이 항시 적어도 너무 적었다. '아이, 토냐'의 경우엔 그 넓고 텅 빈 극장에서 나 혼자 보았다. 사실 약간 무서웠다, 관람객이 없는 현실에 대하여. 그 시절 날 살렸던 영화들의 영화관은 개봉 후 얼마 되지 않아 자취를 감추곤 했다. '1987'이나 '리틀 포레스트'는 오래 가서 다행이다.

아침의 사람이 드문 극장에선 의례와 먼 별의별 이야기가 많다. 분명 내 자리가 맞는데도 영화가 상영되고 있는 와중에 '비켜 달라'고 하는 경우나 대화 내용이 들릴 정도로 말을 주고 받는 경우는 여전히 눈살이 찌푸려지나 그냥 애교 정도로 넘기는 마음 쓰씀이에 이르게 되긴 했다. 그보다는 훨씬 따뜻한 이야기가 많다. 영화관 VIP라던 나의 옛 논술 선생님의 경지엔 못 이르지만 끈질기고 줄기차게 영화관을 들락날락거린 결과 이젠 아침에 상영되는 영화를 보러 온 사람들 사이의 공통점을 알 것도 같다. 물론 나, 나 자신때문에도 알게 된 것이기도 하다. 웬만한 애정이 없으면 사람들은 아침에 영화를 보러 오지 않는다. 나와 같은 시각 같은 영화관에 있던 사람들은 대체로 혼자 왔다. 음료나 간식을 잘 들고 오지도 않는다. 영화 상영 도중에 알람이나 전화벨이 울리는 경우는 거의 없었다. 그리고 영화가 끝났다고 해서 곧바로 나가지 않고 엔딩 크레딧을 바라보았다. 그 속에서 묘한 연대감을 느꼈다. 그중 한 분이 기억에 남는다. 영화가 끝나자 그분은 영화 티켓이 차곡차곡, 가지런히 정리된 클리어 파일 속 한 장에 또 다른 티켓을 정성스레 넣으셨다. 그 모습을 지켜보자니 마음이 자못 뭉클해 버리고 말았다. 그분은 나이가 제법 있는 분이셨다.

맞다, 아침에 남들이 보지 않는 영화, 그중에서도 아주 오래 전 개봉했다가 작금의 시대에 재개봉한 영화를 보러 가면 '영화를 사랑하길 잘했다'는 생각에 앞서 '아침에 영화관에 오길 잘했다'는 생각이 먼저 든다. 시간이 흘러도 영화의 가치를 재확인할 공간이 버티고 있다는 것, 말로 표현할 길 없는 감동이 아침의 영화관에 있다. '사운드 오브 뮤직'이 재개봉했던 때, 이미 수십 번은 족히 보았을 그 영화를 내가 살면서 언제 또 영화관에서 보겠냐는 심정으로 기꺼이, 그러나 외롭게 영화관에 갔다. 영화관 제일 뒷자리의 왼편엔 엄마와 내가 있고 그 오른편엔 한 할아버지 분께서 앉아 계셨다. 마리아가 두 팔을 벌리며 달려가는 모습만이 내 눈에 가득 차고, 사랑과 옳음으로 부르는 노래가 귓속 다짐으로 남은 상영 시간 속, 그 영화관에서 난 엄마와 누군지 모를 할아버지 한 분과 한 공기를 같이 향유했다. 그렇게 영화관에서 영화를 보는 건 관람 그 이상이 되었다. '시네마 천국'이다. 영화 '시네마 천국'에서 카메라가 내내 비추는 건 특정 영화가 아니다. 관객이다. 그것도 영화를 보는 관객이다. 관객들은 이

른바 동네 사람들로, 영화관은 시종일관 그들로 인해 발디딜 틈도 없이 꽉 찬다. 그들은 영화를 보며 온갖 희로애락을 느끼고, 웃고 울며, 심지어 서로를 놀리기도 사랑을 나누기까지 한다. 영화가 전부가 아니다. 영화, 영화관, 그리고 그 두 세상 속 동시에 살아있음을 느끼는 관객까지, 총체적 경험의 완성이다. '시네마 천국'이다. 난 '시네마 천국'을 영화관에서 보고 그 자리에서 그만 다시는 울지 않을 사람처럼 울어 버렸다.

어느덧 영화가 굳이 극장에서 개봉하지 않는 시절이 나폴레옹처럼 도래했다. 마트 직원에게 물건 찾듯이 '영화 같은 영화'만 찾는 관람객도 부지기수로 많아졌다. 최악은, 영화 외에도 '할일'이 아메바 복제처럼 늘어난다는 현실. 난 여러모로 영화 '라라랜드' 속 '리알토 극장'이 생각났다. 마음과 현실은 달라도 너무 달라서 어디서부터 손을 대야 할지 차마 모르겠더라. 믿음은 있는데 무서웠다. "굳이 영화관 가서 왜 영화를 봐야 해?", "그런 영화 왜 봐?" 재미만 보려는 질문이 무서웠다.

넷플릭스로도 볼 수 있는 '아이리시맨'과 '결혼 이야기'를 '굳이' 영화관까지 가서 보았다. 무슨 그 옛날 '원나잇 온리'도 아니고 그날만 아니면 다음 상영 날짜가 깜깜무소식의 지경이었다. 덕분에 아주 오랜만에 사람들 사이에 끼겨 가며 영화를 보았다. 잠깐만, '사람들 사이에서'?

그랬다. 사람들은 넷플릭스로도 집에서 편히 볼 수 있는 걸 굳이 영화관까지 와서 보고 있었다. 한 영화는 너무 어렵지만 경외심을 품고도 남을 정도였고, 한 영화는 '이렇게까지 재미있을 수 있나!' 기립박수를 날리고 싶을 만큼 대단했다. 집에서 봤다면 딱 여기까지만 느꼈겠지만, 영화관에서 보니 그 이상이었다. 세 시간 이상의 상영 시간으로 영화관 안은 히터를 구태여 틀지 않아도 관객들의 숨결로 이미 더워도 너무 더웠다. 인내심을 시험당한 몇몇 관객은 스마트폰으로 메시지를 확인하다 못해 답장을 주고받고 있었고, 게다가 화장실을 가려는 시도는 어떻게든 부스럭대지 않으려지만 결국 부스럭대는 소리와 간절한 움직임과 함께 좌석 앞뒤로 느껴졌다. 영화 속에선 사람을 살리네 죽이네 심각한데 런닝타임을 아예 확인하지 않고 영화를 보는 습관 때문에 미리 점심도 먹지 않은 난 팝콘 소리가 들릴 때마다 입맛을 다셨다. '결혼 이야기'를 볼 땐 다행으로 관객수가 그보단 적었다. 영화관 안에 스칼렛 요한슨과 아담 드라이버의 그 좋은 목소리가 우렁차고도 단단하고 경쾌하게 울려 퍼지는 걸 느낄 때 난 나의 선택에 찬사를 보냈고, 둘이 달려들 것처럼 싸울 때 그 목소리들의 주고받음이 짜릿해 무릎을 탁 쳤다. 무엇보다 큰 화면으로 인해 안 그래도 연기 잘하는 두 배우의 얼굴에서 나오는 세심한 감정의 변화가 시원스레 보여 개운하기 그지없었다. 화룡점정으로 적시 적소에 흘러나오는 랜디 뉴먼의 음악은 땀 흘린 뒤 마시는 오렌지 주스 같았다. 그 후 집에서 넷플릭스로 '아이리시맨'과 '결혼 이야기' 관람을 몇 번이고 시도했다. 그런데 주춤하게 되더라, 환상적이었던 경험을 망칠까 봐. 더구나 결정적으로, 화면이 너무 작았다. 작은 화면으로 그 위대한 영화들을 보는 건 실례가 될 수 있어서 말이지. 난 이제 작은 우물 구멍에 머리를 쳐 박고 손가락을 꼼지락거리며 세상을 안다고 하고 싶지 않다. 크게 봐야지, 그래야 잘 보이지. 그 뿐인가. 보기만 하는 건 재미없다. 그리고 나만 그런 게 아니더라.

이런 나라도 사는 낙이 분명하게 몇 가지 있고, 그중하나가 영화를 기다리고 영화 개봉 날 영화관에 달려가서 나의 온전한 감각으로만 영화를 관람한 후 그 영화에 대한 감상을 쓰는 일이다. 그 누구도 망가뜨릴 수도, 침범할 수도 없는 나만의 작은 숲, 그리고 보면 소위 말하는 인생 수업의 가격이 참 싸다. 영화를 제대로 보게 된 후부터, 한편으로는 영화를 볼 때마다 생각한다. '살고 싶다. 나도 살아서 저 영화처럼 끝을 보고 싶다', 이렇게. 영화를 봤기 때문에 이런 삶도 있고 저런 삶도 있음을 목격했고, 나 자신을 이상하게 보지 않게 되었으며, 나의 삶을 받아들이려고 애쓸 수 있었다. 갖가지 기행, 혼란, 부조리 속 아름답지 않은 인물이 없었다. 그 어떤 인생도 가치 있는 이야기로서 호흡이 가능했다. 그 짧은 시간 속에서 인물의 움직임과 숨소리에 고이 전이되어 뛰는 심장박동으로 난 '잠'과 '깸' 사이에서 '살아있다'고 느꼈다. 영화는 내게 이러한 존재다. 그러한 영화를 만드는 일은 어떤 일이라고 할 수 있을까. 짐작컨대, 시나리오든, 조명이든, 촬영이든, 연출이든, 연기든 그 어느 하나 인생과 경험, 감각, 그리고 혼이 없으면 도저히 가능해 보이질 않는다. 그 전부가 합쳐져 영화가 된다, 이거겠지. 그 전부의 가격이 비싸 봤자 12000원이다. 조조할인으로 영화를 봐서 영화인분들께 참 송구스럽다. 그나저나 영화를 만드는 건 정말 어떤 일일까? 누가 그러대, 영화를 만드는 건 미친 짓이라고. 그럼 그게 진짜 멋진 거 아닌가. 왜 대충 살아. 미쳐 살아도 시원찮은데.

　　나의 조조할인

　　나의 시네마 천국

　　나의 리알토 극장

　　나는 아침에 영화를 보러 영화관으로 간다, 나의 순수한 의지에 기반해.

덧붙이는 글.

토토는 시네마 천국을 떠나 영화를 만든다.

퍼러우리한 시간 22시
서서히 다가와 영원으로 남은
나의 나비에게, 그대에게

2019년 12월 9일에 쓴 편지를 아직도 전하지 못하며,
편지의 일부를 발췌하며,
더 솔직하게 말하고 싶기도 해서,
여러모로 겸사겸사

나의 나비에게

우리 아주 오랜만에 만났지. 오랜만에 만나는 건데도
꼭 어제 막 만난 기분이었어.
하지만 너와 헤어지고 나니 어제 만난 기분이 들지 않아.
너와 만난 지 백만 년은 넘은 것 같이 아득해.
그러다가 내가 멜번에 있던 적이 문득 생각 났어.
꼭 어떤 사건과 연계되어서 그런 건 아니고,
곰곰이 따져보니까 그때 '어쩔 수 없이'
한국에 있는 사람들에게 전화하면

다들 안 받거나, 못 받거나,
아니면 얼마 통화 못하고 끊거나
내 얘기는 듣는 둥 마는 둥…
마음을 좀 달랠 수 있을까 전화 한번 하려다가
되레 빈정이 상하곤 했지. 그 사람들 잘못이
아니긴 해. 그런데 유일하게 너만은 달랐지.
나와 세 시간이나 통화해줬잖아.
그러고 보면 너는 항상 나에게 유일하다시피 하는구나.
우리 엄마, 아빠도 안 그러는데.
나를 이해하려고 노력하는 유일한 사람.
나를 받아주는 유일한 사람.
그게 너야.
새삼, 평소보다 이런 생각이 강해지네.
사실 만나려고 했으면 얼마든지 만날 수 있었을 거야.
그런데 내가 연락하지를 못했지. 차마 그러기가 힘들었어.
무모하지 않으면 꿈이 아니라고, 그러니
열심히 하는 것과 더불어 때를 기다려야 하는 것쯤은
알고, 또 불행과 별개로 행복을 따로 챙겨야 한다고도
믿지만 이젠 이마저도 자신이 없어.
너무 지쳐서 말이 안 나와. 기껏 널 만났는데
내가 아무 말도 못 할까 겁이 나서 이 역병을 핑계 삼아
계속 피한 것 같아. 너 말고 다른 사람들에게
내가 할말이 없어도 괜찮다고 여기지만,
너에게만큼은 예외여야 한다고 생각해.

사람들이
가족 얘기·연애 얘기·취직 얘기·학교 얘기·맛집 얘기를
할 때면
난 할말이 없었고, 꿈을 이루면
내가 저런 얘기들을 못 하는 상황이나 환경을
원상복구시킬 수 있을 거라 믿었어.
속상해도 속상해할 필요 없다고 날 다독였고,
오직 너만큼
일반적이라 간주되는 소재나 주제 없이도
오로지 너와 나의 견해만으로 웃음과 대화하는 재미가
있어서 자랑스러웠어. 그 누구도 나와
대화할 때 너만큼 웃지도 않았고,
내가 알고 보면 맛있는 걸 잘 알고 있다고 너만큼
생각하지 못할 거야. 너는 날 포기하지 않아줬어.
내가 안기면 날 안아줬어. 내가 영화 얘기를 이번에 하면
네가 다음에 먼저 영화 얘기를 꺼냈지.
내가 어떤 얘기를 해도 경청해주고,
실컷 동의하든 너만의 의견을 펼치든
결국엔 그 모든 행동이 '나'라는 사람을 인정하는
존중임을 매번 느끼고 있어.
예전에 어떤 사람이 그랬는데,
내가 겪고 있는 고난은 남이 얘기를 들어준다고 해서
해결될 만한 성질의 것이 아니라고.
나도 동감해. 그래서 사실 너에게 어떠어떠한 점 때문에

힘들다고 얘기해도 그게 전부는 아니었고
알맹이는 숨겼어.
다른 사람들은 세 번까지만 친절했어. 그 이후엔
날 포기하더라고.
그런데 넌 그마저도 달랐어. 세 번 이상 친절했어.
진득하게 물어봐 주고 또 물어봐 주고…
그런 적이 처음이라 난 너무 당황스러웠어.
넌 내게 성의를 보인 딱 첫 번째 사람이야.
너와 있으면 내가 이상한 건 없고
모든 게 당연해져. 난 굽히고 수그릴 게 없어.
난, 너도 내내 보고 있겠지만, 매번 노력하고 실패해.
사실 꽤 오래 전부터 그랬어. 2등을 하든가 실패를 하든가.
인간관계에서도 그랬지. 그런데
이 점에 대해서는 그다지 신경 쓰지 않아. 왜냐하면,
널 만나고 나서
인간관계에서 겪은 숱한 실패들은 다 널 알아보기 위해
스쳐 지나갈 수밖에 없었던 거야. 좋아하는 게 뭔지 알려면
싫어하는 걸 우선 알아야 하는 것처럼.
네가 좋은 사람인 점도 있지만
넌 누군가의 친구일 때 더 빛을 발해.
넌 배려를 당연히 여기고,
존중과 자기주장을 동시에 할 줄도 알고,
친구를 빛나게 해줘.
네가 그랬지, 나는 충분히 날 믿어도 되는 사람이라고.

그렇게 얘기해준 너 덕분에, 내 안엔
절대 무너지지 않을 믿음이 생겼어.
숱한 실패를 겪고 나서야
이토록 어여쁘고 근사한 널 알아보게 된 것처럼
날 괴롭히고, 힘들게 하고, 이해하지 못하는
사건과 시간을 겪고 나면
꿈과 운명이 날 알아봐 줄 거라고 말야.
그래, 이번에도 실패했어. 게다가 숨은 옥죄여오고,
시한폭탄은 언제 터질지 모르고
모래성은 무너질 거 같아.
감사한 일은 있는데 기쁜 일이나
축하 받을 일은 좀처럼 없어. 갈수록 불안해.
나의 우울이 네게도 폐를 끼칠까 봐. 그래도 나, 살고 싶어.
원하는 게 분명하잖아. 당장 힘든 걸 피하려고
후회하고 싶지 않아.
괜찮아. 나에겐 믿음이 있으니까. 걱정 마.
그냥 이 잠깐이 견디기 벅찼어. 너라는 자부심도 있고.
넌 내 실패들의 자부심이야.
어린이집 다닐 적에, 어린이집에서는
생일이 비슷한 아이들끼리
한꺼번에 생일잔치를 해주는데, 그 생일잔치 날에 난
노란색 유치원 원복을 입고 갔어.
평소에 옷 잘 입혀 보내다가
갑자기 이런 날에 왜 원복을 입혀 보내셨는지

다른 옷을 가져오시는 게
어떻겠냐고 담임 선생님이 엄마에게 전화 하셨대.
그런데 또 '쿨'한 우리 엄마는
내가 이거 입겠다고, 좋다고 입고 갔다고 냅두랬대.
그래서 그날 혼자 행복하게 원복 입고
촛불 부는 사진이 있더라니까.
널 보면 이 이야기가 떠올라 웃음이 나와.
넌 노랑이 잘 어울리니까.
연결고리가 꽤 갸우뚱하지만, 난 노랑 하면 나비가 생각나.
넌 내게 나비 같아. 팔랑팔랑 날아와 꽃잎에 앉은 나비.
난 가시가 있는 장미꽃인 거 같아.
다들 휙 꺾어 가려다가 가시에 손을 긁히곤 내 잘못이라며
침을 뱉고 가. 그냥 너처럼 꽃잎을 쓰다듬으면 되는데.
나의 나비. 내게 날아와줘서 고마워.
그리고 혹시, 아주 만약에 네가 어떤 이유로든
날 떠나게 되면
나한테 말은 말고, 내가 알아차릴 암시라도 주겠니?
내가 마음을 단단히 감싸고 있으려고.
다른 꽃들에게 날아가도
나한테 날아온 것처럼 너무 예쁘게 날아가지 마.
그냥 조금은 덜 예쁘게.
지금보다 슬픔을 더 많이 알고 싶지 않아.
그러니까 조금 멀리 날아가더라도
내가 여기 있음을 잊지 마.

나도, 나도 아무렇지 않게 살 수 있을까? 질문하면
네가 어떻게 대답할지 알아. 그 모습, 변치 않을 거야.
상처를 지워줄 테니 지금까지의 모든 일을
전부 되돌리면 어떠냐고 신이 물으면
난 싫다고 할 거야. 그 상처들이 없으면
널 만나지 못했을 거야.
그러니까 그 누구보다 네 자신이
널 가장 많이 아끼고 사랑해주렴.
넌 어딜 가도, 누구에게나, 언제든지, 뭘 해도
사랑받을 거야.
우리 이거 하나만 장담하자, 우린 친구야.
이거면 되지, 그치?

퍼러우리한 시간 6시
한여름 밤의 꿈을 꾼 그대에게

퍽은 그날따라 장난에 심취되어 제 할일을 깜빡하고 말았던 것이다. 아, 이런 장난꾸러기!

자다가도 벌떡벌떡 깨는 건 나의 일종의 장기다. 마뜩잖다. 나의 도저한 자랑거리를 그날따라 한껏 경멸하며 마치 강시처럼 벌떡 일어났다. 갑작스런 기상에 놀란 척 추뼈들이 불평으로 비명을 질러대는 꼴을 냉소적으로 무시하며 습관적으로 두리번거렸다. 몇 시간 뒤면 여지없이 볼 풍경이군, 체념하며 고개를 도리도리 돌리기를 멈추려는 찰나, 굉장히 놀라운, 실로 말도 안되는 풍경을 발코니 너머로 목격했다. 믿기 힘들었다. 따라서 내가 지금부터 나의 최고를 다해 묘사하고 형용한데도 이를 읽는 분들이 이해하지 못한다고 해도 충분히 납득한다. 나조차도 여전히 진짜였나 자문하고 있으니 말이다. 그렇다고 해서 상상 속, 신화 속의 동물이 나타난 건 아니다. 그냥 하늘이었는데 내가 봐 온 하늘과 아예 달랐다. 어쩌면 내가 그 광경이 펼쳐지는 곳을 하늘이라 하는 것도 그저 익숙함에서 비롯되는 결론이었으리라. 어쨌든 하늘인데 통상 일컫는 '하늘색'이랄 게 없는 색만 가득했다. 해는 어디 떠오른 건 고사하고 어디쯤에 파묻혀서 안 보이는지 가늠할 수도 없었고 구름 한 점 없는 이상야릇한 하늘이었다. 오직, 그것도 나의 얄팍한 표현력에 따르면, 물결과 그 물결이 남기는 자리만 그렁그렁했다. 그 물결과 물결자리의 색은 자몽색, 자홍색, 주홍색, 자두 빛, 호박색, 감색이었고, 그 색깔들은 합쳐지기도 하고 번갈아 나타났다가 어우러졌다가 여러 갈래로 나뉘어 아로롱다로롱 흔들리며 묘기를 선보였다. 훈련된 이성이 질문을 했다. "저게 과학적으로 가능해?" 원거리라든가 광선, 굴절 혹은 표층의 발생도 일절 없이 파도가 일렁이듯 하늘이 저러하다고? 어디가 시작이고 끝이고 가깝고 멀고 아무것도 알 수 없었다. 아무것도, 아무것도, 아무것도. 아무것도 알고 싶지 않다. 내 눈 앞에 벌어지는 빛깔과 선의 향연이 미치도록 황홀해 오직 저 자체만 믿고 싶었다. 영원히 저 자태만 바라볼 수 있기만 해도 괜찮을 것 같았다. 하늘이 호수에 비치듯 낮게 깔린 숲과 그 사이에 들어찬 집들이 그 하늘에 투영되어 주황빛으로 물들어 있었다. 저보다 아름답고 오묘한 걸 본 적 있었던가! 난 누군지도, 무엇인지도 모를 존재들에 한없이 감사했다. 하염없이 바라보는 와중에, 꽤나 급작스럽게 하늘이 느리지 않은 속도로 팽창하기 시작했다. 내 눈동자엔 저 배색의 파도, 나이테, 회오리가 점차 가까이 다가왔다.

퍽은 허둥지둥 돌아다니며 마법을 회수하고 있었다. 다시 한번 장난치다가 할일을 잊으면 오베론이 벌을 줄 거라고 했으니까. 혼나는 게 무섭지는 않았지만 귀찮았다. 다행히 그 어떤 인간도 마법을 알아차리지 못 한 것 같다. 인간들은 그저 바쁘기만 했다! 평소보다 몇 배는 빠르게 마법을 주워담고 이제 마지막 장소만 남았는데 아뿔싸! 저기 인간이 허락되지 않은 걸 보고 있다! 퍽은 얼른 뒤로 다가가 잠이 들도록 마법을 걸었다. 마지막으로 기억만 없애면 되었다. 그런데 이 인간이 잠든 모습을 보면서 평소에 꿈에서 장난친 게 너무 미안하다는 생각이 들었다. 안 그래도 가련한 인간이던데… 퍽은 기억을 지우지 않기로 결심했다. 이 인간이라면 입을 함부로 놀리지 않을 것 같다. 괜찮겠지, 뭐! 퍽은 마지막 장소에 남은 마법을 마저 담고 서둘러 인간들이 아는 하늘을 돌려놓았다. 퍽은 하품이 나왔다. 퍽은 자러 집으로 돌아갔다.

평소보다 기상이 늦었다. 평소처럼 이부자리를 박차고 거실로 나가려는데 발코니 너머 하늘이 눈에 들어왔다. 피식 웃음이 다 났다. 저렇게 태연할 데가!

퍼러우리한 시간 24시 혹은 0시
자랑스러운 그대에게

악몽을 꿔서 땀에 젖은 채
벌떡 깬 다음 엄마를 찾는 아이처럼,
나도 출처와 실체도 모를 괴로움에
시달리다 불현듯 정신없이 그대를 찾아
헤맬 때가 있다. 그러면 그대는 늘
같은 자리에 있다. 또 그 자리에
더 이상 없다.

그 자리를 너무 쓰다듬어,
민둥맨둥해진 그 자리엔 이제
풀 한 포기 자라지 않는다.
그 자리의 새로운 주인으로는
그 누구도, 그 어떤 것도
메우지 못할 것이다.

그 자리는 비어 있다.
나는 비어 있는 자리를 쓰다듬는다.

다르겠지, 다를 거야, 하지만
여전히 같은 것 같은 하루를
무기력과 함께 끝으로 맺는다.
하루의 끝은 하루의 시작이기도 하다.
하루의 시작은 무기력과 함께
풀어진다.
여전함이 떠돌았던
오늘의
푸른 밤이다.

나의 수고로움에 엄격한 잣대를
들이대지 않았던 사람의
여리고도 풍성한 목소리는 미련없이
뒤로 눕는 나의 안을
욕조의 물이 빈틈없이 감싸듯이 어린다.
목소리의 손길이 나와 숨을 맞춘다.
나는 그대와 같은 세상에 있다.

그 세상에선 나의 수고했음이
빈틈없다.

밤을 넘어 따뜻하지 않은 새벽에
우울시계의 날카로운 시침과 분침과 초침을
맹목적으로 돌리고 돌리면 들려오는
그대의 목소리 : 잊혀진다니까, 그땐
그게 전분 줄 알았는데.

다시 돌아온다는 말은 정녕
예쁜 말인가요. 다시 돌아와도
당신은 내 곁에 있을 건가요.
변함밖에 없는 세상에
다시 돌아와도 그대로인 그대
다시 돌아온다는 말은 정말
예쁜 말이군요. 다시 돌아올 때마다
안아 주고, 눈물 닦아 줄게요.
알아 줄게요. 그러니 돌아와 줘요.
돌아올게요.

나는 매일 그대라는 자리의
옆자리에 앉아
빈자리를 가득 메울 그리움으로
그 자리를 쓰다듬는다.
그대는
그 자리에 없다. 그러나
그 자리에 늘 있다.
동이 튼다.

수고했어요.
그댄 나의 자랑이죠.
진리란,
이 진창 같은 세계 속
끝내 하루를 다 살아낸,
그럼으로써 스스로를 구해낸
그대죠.
오늘 하루, 살아줘서 고마워요.

퍼러우리한 시간 23시
마감을 앞둔 그대에게

밤 11시가 될 때마다 12월 31일의 기분을 느끼곤 한다. 뭔가를 좀 해보려고 하면 하루가 마감되니 맥이 탁! 풀린다. 새로 시작하기엔 애매하고, 그렇다고 아예 포기하긴 아무래도 애매한 시각, 밤 11시에 나는 낮에 내린 커피를 마저 끝낸다. 표현력이 성마른 나 자신을 한탄하며 분명히 해두자면, 밤 11시에 낮에 내린 커피를 마저 끝낸다는 건 먹다 남은 음식을 후딱 해치운다거나 잔불을 서둘러 꺼뜨린다는 의미와 사뭇 멀다.

밤 11시에 커피를 마시는 게 이래저래 옳은 일에 해당할지 의문이지만 뭐가 됐든 간에 나에겐 예외다. 커피를 마시든, 안 마시고 다른 걸 마시든 잠은 오지 않을 테니. 그렇다고 해도 새로운 커피를 내리기엔 위장이 감당할 부담이 크다. 난 건강하게 오래오래 살고 싶단 말이다. 하지만 물만 마시자니 물은 종종 너무 순진하고 세상물정을 몰라도 지나치게 모르는 감이 있다. 차는 늘 필요 이상으로 도덕적이다. 역시 답은 커피다. 약간 로맨틱한 구석이 있고 적당히 깔끔하되, 구질구질한 면모는 아예 없고 살짝 못되기까지 한 커피.

한때 원두가 어쩌고, 내리는 방법이 저쩌고, 음미하는 법이 이러쿵, 맛이 저러쿵 오만가지를 따져가며 커피를 내려마셨으나 다 귀찮고 성가시다. 난 쉬는 거야, 이 순간만큼은 노력이 산뜻하도록 절대 허락할 수 없어. 그래서 내린 커피는, 그러니까 내가 낮에 내린 커피는 바리스타나 커피 애호가라면 고개를 갸우뚱할 가능성이 높다. 선물로 받거나 지인 덕에 싸게 산 프랜차이즈 카페의 원두 혹은, 마트에서 파는 걸로 아주 멋대로, 감에 충실해가며 커피를 내리기 때문이다. 개인적으로 드립 커피를 그다지 선호하지 않지만 커피를 내 손으로 내리는 과정엔 은근히 정감이 간다. 꽤 기특하게도, 원두가 달라지지 않는 한 맛에 편차가 없다. 참 이렇게 사소한 것까지도 인간은 요령이 드는 법이다. 위험하다.

낮의 어느 시간에 내려 거의 하루 종일 마시고 남은 커피가 담긴 머그잔을 밤 11시경에 다시 든다. 커피의 무게가 아닌 머그잔의 무게를 느끼며 만약 선택이 가능했다면 난 어떤 컵을 선택했을까 상상은 무슨, 살짝 궁금해보기만 한다. 그러고는 머그컵 안에 코와 입을 박고 숨을 들이마시고 내쉰다. 식은 커피의 향이 구석 바닥에 콕 박혀 있다. 그 모습을 애처롭게 여겨선 안된다. 차가워진 커피

향은 굳이 입을 열지 않고도 상대를 끄는 법을 안다. 난 한참을 머그컵 안에 박혀 커피향에게 애걸한다. 그럼 커피향이 깔끗하게 미소를 짓는다. 얄밉다가도 귀엽다. 그런 커피의 상대를 함부로 골라서는 안될 일이다. 이런저런 거 상관 않고 골라도 좋다면 차가운 오렌지를 꼽고 싶다. 사실 환상의 짝은 뜨거운 듯 보이나 따뜻한 커피에 얼음처럼 차가운 오렌지긴 하지만, 어쨌든 오렌지와 커피의 조합은 타의 추종을 불허한다고 자신한다. 한때, 그 조합이 몹시 좋아 커피 한 잔에 오렌지 하나를 뚝딱했다. 그리 연속 5일을 향락하자 위가 쥐어짜듯이 아팠다. 말이 형용할 수 없는 맛을 위해 모험을 감행하고 싶지만 그렇게 먹고 마시면서 말을 영영 잃을 아픔에 놓여 보았으니 오장육부가 절로 소심해진다. 어쩔 수 없지. 대신, 나란 인간은 그에 버금가는 맛을 찾아냈다. 차갑게 식어 남은 커피엔 탄산수와 초콜릿이 제격이다. 다 좋지만, 20분 정도 냉동실에 넣은 트레비 플레인 탄산수와 은박지에 싸여 실온 보관된 가나 초콜릿이면 금상첨화다. 탄산의 정도와 지속도, 가격, 맛을 고려할 때 트레비 플레인 탄산수가 가장 적합하고, 그나마 덜 달고 덜 인공적인 맛의 축에 속하며 여타 브랜드의 초콜릿에 비해 가격과 얇기가 합당한 가나 초콜릿이 내게 잘 맞다. 물론 얼마 남지도 않은 커피에 새로 연 탄산수와 초콜릿 하나를 다 먹진 않는다. 그래도 아무거나 먹고 싶진 않은 게 사람 마음이다.

우선, 커피 한 모금을 마신다. 입안을 적시는 느낌으로 말이다. 그 다음 초콜릿 한 조각을 입에 쏙 밀어 넣는다. 혀의 온기로 은근히 녹인다. 반쯤 녹았다 싶을 때 커피 한 모금을 쑥 밀어 넣듯이 마신다. 초콜릿과 커피의 맛이 함께 어우러져 풍미가 입안 가득이다. 달보드레하면서 쌉쌀한 기운이 입안에서 춤을 추듯 돈다. 목구멍의 끝으로 모든 것들이 사라지면 탄산수를 마침내 입안으로 들이붓는다. 갓 냉동실에서 나온 탄산수는 탄산수 샘이 있다면 마치 그곳에서 금방 퍼온 것처럼 생생하고 형형하다. 얼음장 같이 차디찬 탄산이 입안에서 탁탁 이리 튕기고 저리 튕긴다. 난 이리 1분 정도 입에 머금고 있는다. 그러면 입안과 기분이 상쾌하기 그지없다. 깔끔해진 입안에 다시 커피 한 모금을 들여보낸다. 그 후, 이번엔 초콜릿 한 조각을 아작아작 씹는다. 아주 가차없이 조각 낸다. 감미로운 맛에 취해지려는 위기가 채 오기 전에 탄산수 한 모금, 바로 다음으로 커피 두 모금을 흘려보낸다. 깔끔하고 짙다. 콧노래가 절로 나온다. 대나무숲을 거니는 기분이다. 입가에 묻어나는 커피향이 소중하다. 이제 머그컵엔 한 모금에 살짝 못 미치는 양의 커피가 남았다. 아쉽다. 그러나 아쉬워서 다행이다. 마지막 한 모금을 공들여 홀짝홀짝 마신다. 커피가 더 이상 차갑지 않다. 너무 차갑

지도 너무 뜨겁지도 않은, 냉정과 열정 사이의 온정. 마지막으로 한 번 더 원할 때, 머그잔은 이미 텅 비어 있다. 잔향에 잠시 매달리다 탄산수를 꿀꺽 마셔버린다. 잠시 멀리 본다. 저어기 아무도, 아무것도 지나가지 않는 길을 비추는 가로등의 노고가 참으로 지고한 정성이다. 언제 봐도 애틋하고 사랑스럽다. 여러 시상이 스쳐 지나간다. 비밀이다. 다만, 시처럼 살았다면 지금 어땠을까 아주 잠깐 헤아릴 뿐이다. 느닷없이 입에서 '언제나 몇 번이라도'라는 이름으로 알려진 노래 'いつも何度でも'를 정확하지 않게 흥얼거린다. 그리고 생각한다, 내가 가져올 수 없던 것들을. 왜 내가 사랑했던 것들은 날 사랑하지 않았을까. 아, 이런, 가로등 불빛이 흔들린다. 그저 우연히 일어났던 일들인 걸. 후회하지 않는다.

경건한 의식 끝, 어느새 12시가 어영부영 지나 있다. 하루 같은 한 해, 한시 같은 하루. 신께서 너무하셨다.

퍼러우리한 시간 20시
울지 못하는 그대에게

　무뎌졌다고 생각했는데 아니라는 걸 확인하는 순간 드는 안도감을 아껴 마지않는다.

　독특하게도 언제나 같은 장면에서 운다. 시간이 흘러도 마찬가지다. 그렇다고 해서 일부러 그 장면을 찾아보진 않는다.

　예능 프로그램 '꽃보다 누나'에서 배우 이미연을 만난 어느 한국인 관광객은 그녀에게 이리 말한다.

　"행복하세요."*

　누군가는 그 모습을 참 밑도 끝도 없다고 여길지도 모르나, 나는 그 한 마디에서 내가 겪어보지 못한 단단한 다짐을 느꼈더랬다. 이런 말을 해도 될까 주저를 넘어 진심을 꾹꾹 눌러 담아 담대하고도 다정하게 밀어넣은 한 마디, "행복하세요." 이 말을 듣고 배우 이미연은 그만 울컥했고 눈물을 왈칵 쏟았다. 나는 이 장면에서 울음을 주체하지 못했다. 심장에서 절대 말로 설명될 수 없는 감정

*예능 프로그램 꽃보다 누나, 7회.연출 나영석. 2014년 1월 10일 방영. tvN

이 왈칵 넘어왔다. 그 뒤로 이 장면을 우연히 다시 보아도 똑같이 운다. 신기한 일이다.

영화 '월플라워'를 나만큼 아끼는 관객은 없을 거라고 은근히 자부하는 바지만 이 영화를 다시 한 번 더 찾아서 관람할 자신은 없다. 볼 때마다 마음이 미어지다 못해 끊어질 것 같다. 그리하여 늘 정지된 화면으로만 마주치게 되는데, 그럼에도 불구하고 심장에서 뜨거운 뭔가가 용솟음쳐 목구멍으로 울컥울컥 넘어옴을 여지없이 감지한다. 찰리는 버텨왔을 뿐이었다. 찰리의 모든 행동은 버티기 위함이었고 그럴 수 있었던 건 샘과 패트릭이 친구였기 때문이다. 그 친구들이 고등학교를 졸업한 의미처럼 찰리도 마침내 어쩌면 오래 전에 했을 수도 있던 '일'을 행동으로 옮기고 만다. 나는 찰리가 어째서 그제야 그렇게 할 수밖에 없었는지 마음 한 편으로부터 깊은 이해를 느꼈고, 그랬기에 찰리가 마지막으로 샘, 패트릭과 함께 터널에서 일어서는 모습을 볼 때까지 연신 눈물을 흘렸다. 그 모든 시간을 살아낸 세 친구가 얼굴에 이전과는 다른 미소를 띠우는 순간 들리는 선명한 목소리: "이 모든 이야기는 추억이 되겠지. … 그런데 지금 이 순간은 살아 있어. … 이 순간만큼은 난 슬픈 이야기가 아니야. 난 살아있어. 일어서서 경이를 봐. … 이 속에서 우리는 무한한 거야"**라고 말하는 찰리의 목소리. 장하고 대견하다.

**감독 스티븐 크보스키(Stephen Chbosky), 영화 월플라워(The Perks of Being a Wallflower), 제작 Mr. Mudd Productions. 2013

영화가 끝나도, 나중에 거듭 다시 보아도 난 도저히 눈물을 흘리지 않을 재간이 없고, 비단 찰리가 갸륵해서 눈물을 훔치고 또 훔치는 게 아니라는 점쯤은 사실 잘 안다. 그러나 이 또한 설명 불가하다.

처음 영화관에서 이 영화를 관람했을 때 훗날에도 같은 장면에서만 울게 될 줄 꿈에도 몰랐다. 여기서 이 영화는 '라라랜드'다. 온 세상의 만개한 꽃이란 꽃은 그 속으로 다 밀어넣은 듯한 이 영화가 실은 굉장히 우아하고 고도로 정교한 무대를 선보이는 발레리나의 토슈즈 안 상처투성이 발과 같은 면모를 숨기고 있음을 얼마나 많은 이들이 알고 있을까. 첫 관람 당시 그 찬란함에 눈이 멀어 무아지경에 빠졌다가 미아가 마지막 오디션에서 노래를 부르는 과정에서 꺼이꺼이 울고 말았다. 꿈을 꾼다는 건, 꿈을 품고 현실을 살아낸다는 건 왜 이렇게 잔인할까. '꿈을 꾸는 바보들을 위하여' 미아가 울부짖을 때 난 주체할 수 없을 정도로 눈물을 쏟았다. 왜, 어째서 꿈은 사람을 바보로 만들까. 세상 사람들은 다 아는데 나만 착각하는 걸까. 내가 진정 원하는 게, 이게 맞을까. 안 되고 안 되는 길 위 내가 바보가 아니라고 이 삶과 세상이 화답할 날이 올까 기다리는 게 정말 안되는 걸까. 첫 관람 후 극장에서만 두 번을 더 보고, 어딘가에서 스무 번을 더 보고, 심지어 원문 시나리오까지 읽었는데, 왜, 어째서 그 시간이 흐르는 동안 난 여직 달라지지를 못했을까. 왜 난 아직도 그대로일까. 어째서 여전히 탄탈로스일까. '라라랜드'를 보는 횟수가 늘어날수록 끝내 바깥으로 흐르지 못하고 안으로 모여 이룬 폭포수도 점점 커지고 있다. 난 마음 속에서 폭포수를 키운다.

그 옛날에는 뾰족한 바늘에 닿은 풍선이 곧바로 펑! 터지는 것처럼 이런저런 일에 잘도 울었는데 난 이제 메마른 눈물샘에 영화나 TV 프로그램 같은 가상현실을 들이밀지 않으면 눈물을 흘릴 수 없다. 그래서 차라리, 그나마 불행 중 다행으로 뭐라도 보고 울 수 있음이 '나'라는 사람의 생명이 뛰고 있고 감각은 깨어 있다는 희망의 징조다. 따라서 울 때마다 쾌감이 찾아온다. 더불어 반항심을 느낀다. 내가 살던, 혹은 살고 있는 세계에서 난 울면 어른들에게서 비난이나 면박, 조소를 받았다. "울어서 현실이 바뀌면 울어, 그게 아니면 울지를 마." "그게 뭐라고 울어." "세상에 울 일이 그렇게도 없니?" 고로, 나이만큼은 어른인 현재, 혼나기 성가셔 말을 잘 듣느라 못 울었던 시간을 이리 스스로 보상한다. 나는 울며 반항한다.

얼마 전엔 영화 '시네마 천국'을 보았고 상영 도중 틈만 나면 울어댔다. 너무 웃긴 나머지 눈물이 나고, 기뻐서 눈물을 흘리고, 아름다워서 울음을 터뜨리고, 슬프고 안타까워 눈물을 쏟았다. 영화가 끝나도 통 진정되질 않아

눈물을 닦느라 애먹었다. 마지막 눈물 한 방울을 닦을 때까지 생각했다. '세상엔 기꺼이 울어도 좋을 일이 정말 많구나.'

　도대체 왜 우는지 나조차도 명쾌히 정의 내리기 어려운 경우도 있다. 영화 '델마와 루이스', '블랙 스완'을 볼 때 그러하였다. 냉정하게 말하면, 두 영화 속엔 '시네마 천국'처럼 울어도 될 지점이 있는 건 아니다. 그러나 이 두 영화의 한 가지 공통점은 영화의 전개가 마지막 장면을 위해 달려왔다고 말해도 무방할 정도로 절정이 마지막에 놓여있다는 점이다. 온갖 감정들, 단지 분노, 애통, 희열로만 정리되지 않는 자못 복잡미묘한 감정들이 절정에 앞서 차곡차곡 쌓이더니 마침내 주인공들이 약진과 비약을 이루자 뜨거운 눈물로 분출되던 순간을 난 앞으로도 잊지 못할 것이다. 불후의 걸작 앞에서 눈물을 보이는 관객이라… 왜 울었는지 속시원히 알지 않아도 괜찮다.

　영화 '데몰리션', '멘체스터 바이 더 씨', '태풍이 지나가고'를 보고 난 바로 뒤의 시간들을 똑똑히는 아니어도 어렴풋하지 않게 기억한다. 눈물을 예상치도 못하게 한바탕 쏟고 나와 극장 근처 햇빛이 쏟아지던 벤치에 멍하니 앉아 있었다. 다른 세 영화에 다른 시간대였지만 세 번 전부 마음만은 동일했다. 장맛비가 왕창 내린 덕분에 온갖 불순물이 씻겨 내려간 청징한 길거리와 같은 기분이

었다. 운다고 해서 세상만사가 정리되는 건 아니어도 적어
도 또렷해진다. 현실은 그렇게 바뀌는 거다, 달리 보기 시
작하면서부터.

저 척박한 사막, 몇십 년 동안 비가 한 방울도 내리지
않았다던 사막에 잠시 비가 내리자 삽시간 꽃밭이 만발
했다지. 눈물은 그런 존재다, 메마른 생명에 움을 틔우는
존재. 그리고 울지 않고 태어나는 생명은 없다.

울음은 삶의 시원(始原)을 알리고, 옮은 삶의 근원을
깨우네.

퍼러우리한 시간 17시
삶에 영 구미가 당기지 않는 그대에게

"그동안 사는 게 어떤 느낌이었어?" 누군가 묻는다면 난 "사는 건 참 따가워."라고 대답할 것이다.

"그럼 지금은 어때?"라고 이어서 질문을 받는다면 난 "소금이 구석구석 절인 흐물흐물한 김장 배추처럼 절망과 비참함에 푹 절인 상태"라고 답을 할 것만 같다. 밝게 대답하지 못해 미안. 하지만 사실이야.

하여튼 그렇다. 사는 건 따갑고 생에선 짠맛이 돈다. 그뿐인가, 꿀떡처럼 꿀떡꿀떡 넘어가달라고 기대한 적 없는 삶을 꾸역꾸역 삼키느라 속이 영 불편할 따름이기도 하다. 밍밍하지만 곧은 바게트 같은 삶은 재미없을 거라며 설탕을 두른 쫀득쫀득한 꽈배기빵 같은 삶이 좋겠다고, 어려도 너무 어린 패기에 남긴 일기 한 줄이, 아냐, 생각해보니 일기장에 쓴 동시 한 편이 이제 와서 참 기가 찰 노릇이다. 이젠 밀가루는 고사하고 물만 잘못 마셔도 까딱 하면 체해버리는데, 음식에 관해서라면 좀처럼 정이 안 간다.

그런데 뭘 먹질 않고는 힘을 쓸 순 없다. 그래서 끼니로 밥은 안 챙겨 먹어도 끼니는 어떻게든 거르지 않으려고 노력한다. 끼니로 뭘 먹을지 도저히 생각이 안 나 먹기도 전에 기운이 다 빠질라 치면 얼른 마음의 넉넉함을 시험하는 상징이라 으레 알려진 곳의 이름을 본뜬 그 공간으로 부리나케 달려갔던 그 시기의 추억에 골몰하곤 한다. 다만, 너무 애틋하진 않게.

살기 위해 끼니를 챙겨 먹었지만, 생존 그 이상의 애정은 없었고, 그렇다고 해서 입에 들어가는 음식이 맛없는 건 도저히 용서할 수 없던 그 시기, 난 친구와 시간을 보내기 위해 그에게 이끌려 그 공간에 첫 발을 디뎠다. 그렇게 간 곳의 첫 인상이 내가 지금까지 가보았던 그 어느 곳보다 아무래도 좋긴 좋았더랬지. 반짝이는 눈동자가 유난히 돋보이는 사장님과 개망초처럼 자리잡은 아담한 디저트들의 모습이 풍기는 분위기는 이전엔 겪어본 적 없어 당황스러울 정도로 따스했다. 밖은 어찌됐든 가을이었는데 그 안은 막 찾아온 봄처럼 온화했다. 얼떨떨하며 고른 디저트가 그래서 뭐였더라…? 얼그레이 크림이 올라간 쉬폰 케익 조각이었나? 디저트를 사고 밖으로 나와 얼른 한 입 먹었는데 너무 놀라 눈이 번쩍 뜨였다. 맛이 천국 같았다, 정말로! 맹세코! 살면서 그런 느낌을 주는 음식은 처음 먹어보았다. 내가 도대체 얼마 만에 음식을 먹고 기분이 좋은 건지, 소화는 또 얼마나 잘 되고, 다음에 또 먹고 싶다는 생각을 하는지 스스로도 몹시 감격스러웠다. 그 뒤로 몇 달간 가능하면 매주 목요일에 학교 수업이 끝나면 부리나케 그 공간으로 달아나곤 했다. 참새가 방앗간을 지나치지 못 하는 심정에 못내 공감하면서 말이다.

그래서 난 내가 단 걸 좋아하는 줄 알았다. 그런데 그렇지 않았다. 어쩌면 입에 단 걸 넣고 싶었는지도 모르겠다. 사람이 마음이 허하면 단 걸 섭취하는 것처럼 혹은, 내 인생엔 단맛만 빼고 다 있으니까 보상처럼 입에 단 걸 넣으려고 하는 심사가 아니었을까. 내가 정말 단 걸 좋아하는 사람이면 때와 장소를 딱히 가리지 않고 단 걸 찾아 헤매고 고수했을 텐데 난 그런 적은 극히 드문 데다가 단 것, 정확히 말해 달기만 한 걸 싫어하는 쪽에 가까웠다. 그럼에도 몇 달간 그 공간으로 출근 도장을 꼬박꼬박 찍은 까닭은 그 공간에서 내놓는 디저트가 마냥 달지 않기 때문이었다. 즉 난 그 공간의 쌀 디저트 덕분에 '달다'는 게 뭔지 배웠다. 달다는 건 '부드럽다'는 것이다. 그 공간의 디저트가 여타 카페나 빵집과 확실히 구분되는 지점은 단연 주재료에 있다. 우선, 사장님은 밀가루가 아닌 쌀로 디저트를 만드시는데, 사실 밀가루를 소화시키기 너무 힘든 탓에 평소 빵도 거의 먹지 않고 밀가루 음식은 되도록 피하는 나로서는 그러한 디저트가 몹시 반가웠다. 마카롱이든, 케익 종류든, 쿠키든, 스콘이든 그 공간에서 나는 어떤 디저트든 소화되지 않은 적이 없었다. 어디 그 뿐인가, 목넘김도 편하다. 디저트를 입에 넣자마자 사르르 녹는 건 기분 탓일지도 모르나 밀가루 음식, 하물며 빵을 먹으며 씹은 다음 삼킬 때 느껴지는 예의 그 뻑뻑함이 전혀 없다. 그렇게 식도를 통과한 디저트는 그 어떤 요란 없이 내 안에서 스며든다. 역시 가장 기본이 되는 속재료가 제일 중요한 법이다. 그런가 하면 입으로 씹는 맛을 과연 무시할 수 없다. 쌀로 만들었기 때문일까, 식감이 떡을 떠올리게 한다. 떡보다는 알갱이가 더 느껴지지만 수분감이라 할 만한 무언가가 약간 덜하다. 밀가루로 만든 면 같은 경우, 입에 넣고 씹을 때 분자의 분자까지 해체하는 기분이 들어 후물거리게 되는 감이 없지 않아 있는데, 그 공간의 모든 디저트는 혀에 살살 녹다가 남은 속고갱이 같은 걸 옴쏙거리며 씹는 재미가 꽤 다분하다. 그런 식으로 혀에 감기는 맛은 어떻고! 그 공간도 역시 보편적인 입맛을 위해 바닐라, 초코 같은 재료를 쓰지만 그보다도 훨씬 토속적이며 온정이 느껴지는, 때로는 재치가 돋보이는 재료로도 디저트를 만든다. 사장님의 어머니께서 직접 닳렸다는 딸기잼이 포옥 들어간 마들렌은 봄보다 더 봄 같다. 과감하게 한입 크게 베어 물 때 폭신폭신한 마들렌 틈에서 새어 나오는 딸기잼의 생생한 딸기 맛에 혀가 짜릿해진다. 방금 딴 딸기, 그것도 아직은 신맛이 도는 딸기 맛이 난다. 마찬가지로, 사장님의 할머니께서 직접 빻아 주셨다는 콩고물엔 안 어울리는 디저트가 없다. 콩고물에 뿌려진 크림치즈와 마스카포네 치즈가 올라간 티라미수, 콩고물에 굴린 마들렌과 마카롱, 눈이 소복이 쌓인 지붕을 연상시키는 콩고물이 묻혀진 쑥 파운드 케이크, 모두 다른 식감이지만 쌀로 만들었기에 공통적으로 보들보들하고 고소하면서 디저트 각각 고유의 맛이 살아있다. 그 밖에도 녹차 갸또엔 팥크림, 가을엔 밤이 들어간 스콘, 흑임자 휘낭시에, 고구마로 만든 치즈 무스가 일품인 티라미수, 유자 만들렌, 쑥 쿠키 등 쌀로 만든 디저트가 이토록 다양할 수 있다니 놀라울 따름이다. 하나같이 건강하기도 하고 하나하나의 재료에 정성이 들어가지 않은 게 없다. 그렇다고 해서 일반적인 카페와 빵집처럼 브라우니, 슈, 바닐라 케이크, 판나코타, 에그 타르트 같은 한껏 세속적인 디저트를 팔지 않는 건 아니다. 다만 남들과 같은 메뉴를 판다고 해서 남들과 같은 맛을 내는 건 또 아니다. 어쩌면 이 점이 내가 그 공간을 아끼는 절대적인 이유이기도 하다. 즉, 그런 흔한 디저트조차도 단데 달지 않다. 그 공간에서 디저트를 먹으면서 '달다'는 건 '진하다', '짙다', '농후하다', '부드럽다', '보드랍다'와 같은 말과 동일한 의미임을 깨우쳤다.

설탕을 입 안에 쏟아붓는 건지, 감미료를 혀에 칠하는 건지 모를 식생활에서 참 감사하게도 만난 제대로 된 음식, 그를 위한 정성, 그에 기저하는 재료의 정직과 기발함, 그리고 그 음식을 만들고 내주는 사람의 친절과 본심. 음식도 제 주인을 빼닮는 건가 생각할 정도로 사장님의 자상함이 아니었다면 참새가 방앗간을 드나들 정도로 그 공간을 다녀가지 못 했을 것 같다. 사장님은 나의 이런 저런 질문에도 성심성의껏 답해주시고, 부담스럽지 않은 안부 인사와 더불어 나의 울적한 고민에 화사한 의견을 건네기까지 하셨다. 그 공간의 디저트만큼 좋았던 사장님의 인정에 사실상 디저트를 베어 물기 전부터 마음이 달달해지고 말았다. 기교로 포장하지 않은 소박한 겉모습이 품은 편안과 부드러움은 알고 보니 사장님이 본인처럼 밀가루로 소화불량을 겪는 이들을 위해, 또 맛과 건강을 동시에 챙기고픈 이들을 위해 발현된 것이었고, 그 마음이 매번 고스란히 섭취되고 소화되었다. 먹는 즐거움, 소중하게 간직하고 있다.

그 공간에서 먹는 즐거움을 알아차린 후에도 여전히 사는 건 따갑고 생에선 짠맛이 돈다. 그러나 그게 전부가 아니다. 따갑고 짠 감각 외 다른 것들도 이젠 조금씩 맛보게 되었다. 건강해져야지, 그만 생각한다. 건강하게 살아야지, 생각한다. 날 힘내게 하는 음식에 신경 쓰고, 그러한 음식을 꼭꼭 씹어 맛을 혀로 감지하고 부드럽게 넘겨 몸에 자양분을 전달하는 게 자못 즐겁기만 하다. 끼니를 챙겨 먹고, 입치레 말고 제대로 된 끼니를 맛있게 먹고 분발한다. 나의 글이 재료가 되고, 그 재료로 난 만들 수 있는 걸 만들어내고, 나의 창작물을 기꺼이 좋아해주는 이들을 그 공간의 사장님처럼 자애롭게 맞이하길 바란다. 아, 난 이제야 그 공간의 이름이 내 마음의 넉넉함을 시험하는 아니, 증명하는 상징의 이름과 같은지 알겠다. 위하는 마음이 늘 열려 있다.

:: 곳간이 있어 참새는 생의 달가움을 지나치지 않고
지나갈 수 있었습니다. 너무 고달팠던 시절, 반겨주셔서
정말 고마웠습니다. 저도 마음의 곳간을 늘 열어둘게요. ::

퍼러우리한 시간 16시
보물섬을 찾아 헤매는 그대에게

오후 4시에 그 카페에 앉아 있는 건 퍽 근사했다. 잠깐만, '근사하다'는 말을 애정하지만, 뭔가 부족하고 덜 솔직하다. 그러니까, 오후 4시에 그 카페에 앉아 있는 건, 그 시절 내가 일으킬 수 있는 일들 중 가장 근사할 수밖에 없었다.

그 카페는 인적이 드문 곳에 있는 건 아니었다. 그런데도 사람들의 눈에 곧잘 띄질 않았다. 의외로 사람들은 그 카페를 잘 몰라봤다. 내 눈엔 그 어떤 카페보다 카페'답다'고 보였는데 사람들은 어쩐 일인지 그 카페를 자꾸 지나치기 일쑤였다. 한편, 나 또한 시간이 너무 없었고 시간이 없는 동시에 돈도 없어서 그 카페를 들릴 재간이 도저히 없었다.

그리고 그 카페에 마침내 들릴 수 있게 된 날은 절정이 무용지물로 전락하는 날들 중 온기를 품은 바람이 부는 날이었다. 시간이 점차 나의 몫으로 돌아가던 나날 중 웬일인지 마음에도 여유가 생겼던 그날, 난 서점에서 어릴 적 읽은 '보물섬'을 찾았고 6000원가량 돈을 지불한 다음 굳이 손으로 책을 쥐고 집을 향해 걸어갔다. 하늘 아래 같은 색조와 재단의 트렌치코트는 없다는 착상이 떠오를 정도로 가지각색인 플라타너스 낙엽이 발걸음걸음마다 채였다. 내가 걷는 건지 수영을 하는 건지 도저히 분간이 안 된다고 중얼거리려던 찰나 내 눈에 그 카페가 들어왔다. 세상의 색은 다 바래 가는데 그 카페 홀로 어쩌자고 곱게 푸르뎅뎅했다. 이끌리듯이, 혹은 결심을 이행하듯이 들어간 그 카페의 첫 인상은, 몹시 아늑했다. 아늑해서 따스했다. 원두의 향은 티 내지 않고 공간은 은은히 감돌았다. 그렇게 주문한 커피가… 커피가…? 카푸치노였나, 카페라테였나… 기억나지 않아도 상관없는 이유는 커피가 맛이 없었기 때문이다, 알고 보니 사정이라 할 만한 원인이 있었지만, 당시 멜번에 잠시 다녀온 뒤 얼마 안 된 혀는 그 기억으로 커피의 비린 맛과 박약한 거품에 비명을 질렀으나, 훨씬 이전 마찬가지로 잠시 시드니에 다녀온 후 적응과 순응의 과정을 겪은 바 있는 머리는 달라진 환경에 적응을 할 때라고 격려했기에 비교적 무난하게 커피를 마셨다. 다음에 안 오면 되니까, 이런 식으로 정 없게 생각하기도 했고. 그러나 커피의 종류나 맛에 크게 개의치 않을 수 있었던 데는 내 눈 앞에 놓인 정경과 그로 인한 감흥에 있었다. 원래 계획은 공백의 햇수를 아예 헤아릴 수 없을 정도로 먼 기억 속의 '보물섬'을 처음으로 만화가 아닌 글로 찬찬히 읽는 것이었지만, 나의 시선은 현실이 아닌 세계 속으로 구속되길 잠시 거부하며 목전의 진경을 자꾸 머금는다. 넓지 않은 문을 통과한 후 도달한 두꺼운 나무의 거친 껍질은 가는 시간에 필멸적으로 녹아내리는 동시에 필사적으로 생의 기둥을 잡고 있었다. 그 주위에선 낙홍이 진행되고 있다. 그윽한 원두의 향이 눈에 보인다. 이따금 사람이 지나간다. 흔한 사람이 아니다. 저마다의 사연을 옷으로 떨쳐낸 사람들이 지나갈 때마다 경치의 맛은 낯설어지긴커녕 짙어간다. 그너머의 기와의 감청색은 광경에 감칠맛을 더한다. 그 위로 제비와 까치처럼 솟아오른 소나무 무리는 견고하고 고상하며 다정하다. 바람에 가벼이 몸을 맡길 줄 알지만 절제를 알아 요동치진 않는다. 그 뒤, 탈속한 하늘과 세속적 빌딩의 푸르름의 대비가 거슬리지 않고 마냥 좋다. 시간의 폐활량은 위엄 있는 구름을 숨으로 불어넣었고, 표류하는 낙엽으로 미루어 보아 바람의 힘있고 경쾌한 발놀림은 시간의 축복을 받은 모양이다. 난 그 자리에서 변함없이 인자한 햇살을 세례받았다. 난 '보물섬'을 한 자도 못 읽고 말았다.

잊지 못하여 다시 찾아간 카페엔 전에 봤던 분 대신 다른 분이 계셨다. 어리둥절하며 이번엔 뭘 마실까 하다

플랫 화이트를 주문했다. 이번에도 큰 기대는 없었다. 앉아 기다리는 동안 흘긋 본 그분의 여유로운 움직임에서, 옳거니! 저분이 카페의 주인이구나 깨우쳤다. '맛있게 드세요' 하고 주인 분이 남기고 간 커피의 맛은 놀라웠다. 멜번에서 평생 마실 플랫 화이트는 다 마셨다 종지부를 일찍이 찍었건만, 내 생애 최고의 플랫 화이트를 이토록 따분한 도시에서 맛볼 줄이야! 사실 멜번에서 마신 플랫 화이트는 그 본고장이라는 명성에 걸맞게 맛났지만 어딘지 모르게 부담스러웠다. 멜번 아니면 내가 또 어디서 플랫 화이트를 마시냐며 줄기차게 마시긴 했는데 그때마다 왠지 모르게 빳빳하게 고개를 쳐든 부자 앞에 선 기분이 들어 마시고 나면 늘 주눅이 들어 있었다. 그런데 그 카페에서 마신 플랫 화이트는 차원이 달랐다. 원두는 그 매력을 고고하게 뽐내지 않고 겸손한 맛이 있어 처음부터 끝까지 음미하는데 안정감을 선사했고, 우유는 상냥한 실바람 같았고, 얇은 거품은 폭 안기는 인형처럼 부드러웠다. 이 세 요소가 어우러져 입안엔 황금빛 곡식이 익어가는 들판이 들어선 듯하였다. 커피의 향은 나의 곁을 은은하게 맴돌았다. 더없는 감동으로, 눈 앞엔 그때 그 비경이 또 다른 정서를 지닌 채 여전히 그 자리에 있었다. 커피와 풍광, 원거리의 시야, 그리고 고요, 난 '보물섬'을 찾았노라 자부했다.

그 카페에 있노라면 도시에선 보기 힘든 낙경을 늘 찾을 수 있었다. 어딜 가든 유행을 부린 사람들과 자기자신에 대해 깊이 고민하기를 피하고 옷을 입는 사람들, 네모로 조각난 세상과 그런 세상조차도 눈에 담길 거부하고 더 작은 네모로 빠져버리는 사람들뿐이었다. 솔직히 언제나 그 점이 불만이었다. 그러나 놀랍게도 그 카페에선 아늑한 경취만 존재했다. 단골이 찾는 커피를 아는 주인장, 조용히 책과 커피를 즐기다 가는 손님, 세상을 전부 물들일 것 같은 만경, 호젓하게 내리는 소나기, 생의 환희를 노래하는 새로운 꽃님, 그 어느 단상도 미운 게 없다. 그리고 나는, 이주엽 작사가님의 표현을 잠시 빌리자면, '세상의 평온과 한가로움을 다 끌어온 듯한 풍경 앞에서, 욕심의 등짐을 한껏 짊어진 삶이 문득 초라해진다.'

실은, 내가 그 카페를 처음 찾아갔을 적, 난 대학 생활 혹은 학창 시절이라 불릴 만한 한 긴 시간의 끝을 눈앞에 두고 있었다. 그즈음 그 시간을 가만가만 헤아리는 정도는 잦았고, 그때마다 허무함과 원망스러움에 목을 놓아 울고 싶은 심정이었다. 봄을 누려본 적 없었는데 기분은 그해의 그 가을과 닮아 있었다: 난 하고 싶고, 해내고 싶은 걸 결국 그 무엇 하나 이루지 못하고, 이 청춘은 그저 고단함에 절여 끝장나는구나. 저 가을처럼 쓸쓸히 지는구나. 사무치게 억울했지만 어디 하소연할 기력도 없었다. 철을 놓친 철새처럼 망연하기만 했다. 그런 지리멸렬한 날들 중, 난 '보물섬'을 찾은 것이었다.

그날 하루는, 그날 하루가 어땠냐면, 양희은 님의 노래 '백구' 같았다. 긴 다리에 새하얀 백구를 찾다 그만 사고로 하늘나라로 보내고 말았다는 이야기를, 그토록 슬프고 초롱초롱한 이야기를 양희은 님은 초월적 감정으로 맑디 맑게 읊듯이 부르신다. 그래서 그날 하루는 백구 같은 나의 어린 날들을, 청춘을 양희은 님이 노래 '백구'를 부르는 것과 같이 그 카페가 가만가만 위로해주었던 날이었다. 나는 그 후에도 그 카페에 가서 단란하고 초연한 세상의 단면을 마주하며 커피를 마시면서 서서히 생각을 고쳐 나갔다. 이번엔 이동진 평론가 님의 말을 잠시 빌리자면, '고쳐 살아야 한다.' 미움 받았고 사랑은 받지 못했음을 도저히 떨쳐 버리지 못하고 나의 어린 날들, 청춘의 시간을 홀로 저주받은 봄이라고 여기기를 관둬도 괜찮다고 경관은 모습을 변화하면서까지 날 이해시켰다. 수없이 오고 간 계절에도 견고한 소나무와 선사시대의 유적, 고즈넉한 기와, 궂은 날씨조차도 즐기고 지나가게 두는 커피, 계절과 날씨를 통과하는 시간에 담담히 생을 맡긴 나무와 꽃들, 그 사이에서 노력과 고민으로 처절해서 아름다운 사람들까지 모든 존재가 보물처럼 반짝였다. 난 '보물섬'에 앉아 반짝반짝 빛을 내는 바다를 바라보았다. 그리

고 정리한다: 그 어떤 시간도 널 해치지 않았어. 저 수평선 너머의 세상까지 널 기다려. 난 시간을 구태여 구분해 속상해 하지 않기로 다잡았다.

　　세상은 발견하는 자의 몫이다. 소설 '보물섬'에서 짐은 보물섬을 발견하기는 하나 보물 그 자체를 소중히 여기기보다 보물의 가치를 안고 보물섬을 떠난다. 나도 그처럼 '보물섬'을 발견한 동시에 보물의 가치를 발견한 셈이다. 세상이 제아무리 너저분하고 변덕과 혼동을 거듭한다고 해도, 그 속엔 분명 '보물섬'이 있다는 것. 그리고 그 보물을 발견하려는 투지와 발견한 보물을 사랑하는 심장으로 그저 가라! 저 너른 바다로 가라! 그대의 삶은 온통 그대의 것이니.

　　:: 입가가 지저분해지는 것도 모르고 커피를 맛있게 즐기길 바라는 마음이 담겼다는 이름의 그 카페에서 난 도리어 입가에 묻었던 어지러운 속임과 꾸밈을 따스한 커피로 씻었다. 섬처럼 작고 조용하며 보물과 같이 귀한 그 카페, 그 자리에서 머물고 싶은 만큼 머물길. 카페가 그 자리에 있어 난 멀리 보게 되었답니다. ::

퍼러우리한 시간 12시
좋아하는 법을 아는 그대에게

오이를 정말 좋아한다. 오이를 싫어했던 적은 단 한 번도 없었다. 오이로 된 반찬이나 오이가 들어간 음식보다 그냥 오이 그 자체가 좋다. 밥 먹을 때 오이를 하나씩 곁들어 먹으면 맛있다고 여겼다. 김밥에서 오이가 빠지면 섭섭하기도 했다. 딱 그 정도까지였다.

시간이 흘러야만 보이는 진가가 있다. 어떤 진가는 시간이 흐르기 전까진 보이지 않는다. 그러니까 그 시간의 흐름 중 한 순간, 우연과 운이 작용하고 나면 그 진가가 비로소 보인다. 그래서 사실, 이러면 안 되지만 우연을 인연처럼 여기기도 한다. 인간의 능력으로는 절대 알 수 없는 시간의 흐름에 무력감을 느끼며 굴복하는 것이다. 그렇다고 해서 그 흐름에 정통함을 의미하지 않는다. 그럼에도 그 진가가 마침내 눈에 보인다는 진실이 사무치게 좋아 견딜 수 없다.

대체 몇 년만이었을까, 게다가 몇 번만이었을까, '노르웨이의 숲'이 기어코 읽히게 되었을 때 난 기쁘고도 슬펐다. 가뜩이나 모르겠는 걸 더 모르겠어서 몸부림을 쳤던 시기에 난 소설 속 주인공인 '와타나베'가 불현듯 생각날 때마다 '위대한 개츠비'를 아무 데나 펴서 감탄한 것처럼 시도 때도 없이 '노르웨이의 숲'을 읽어댔다. 외울 지경이라 생각하고 또다시 무심코 읽게 되면 또 전혀 새로웠다. 대관절 '노르웨이의 숲'에 어쩌다 그리 끌리게 된 건지 알 재간이 도저히 없었으나, 다만 읽고 또 읽을 뿐이었다. 내가 단시간에 '노르웨이의 숲'을 무아지경으로 읽게 된 경위에 대해선 당사자인 나조차도 오리무중이지만, 유일하게 명쾌한 건 그 대목을 읽고 아니, 읽을 때마다 탄성을 나지막이 내뱉는다는 것이다. 그 대목이란 미도리를 산책 보내고 와타나베가 미도리의 병석에 누워 계신 아버지를 아주 잠시 간병하는 구간이다. 와타나베는 미도리 아버지의 간단한 병수발을 들다가 이내 배가 고파져 서랍에 있는 오이, 간장, 김'이라도' 꺼내 먹는다. 건장한 청년은 오이를 김에 싸서 간장에 찍어 야무지게 먹는다. 얼마나 잘 먹는지 식욕이 없어 주변 사람들을 고생시키던 미도리의 아버지가 그 모습을 보고 자신도 오이를 먹겠다고 한다. 환자가 먹기 적당한 크기로 자른 오이를 꼭꼭 씹어 먹던 미도리의 아버지는 결국 오이 하나를 다 해치운다. 와타나베가 맛있냐고 묻자 그렇다고 대답한 미도리의 아버지에게 남겨지는 회심의 선언: "음식이 맛있다는 건 좋은 거죠. 살아있다는 증거나 다름없으니까요."[*]

　오이는 먹을 때만큼 물로 씻을 때도 좋다. 물을 들고 오이를 가져다 대면 미지근함이 느껴지다가 3초 정도 지나면 갑자기 놀랍도록 서늘함이 확연하게 와닿는다. 마치 흐르는 계곡물에 발을 담그고 있는 것 같다. 분명히 오이를 물에 가져다 댄 게 전부인데 내 손엔 물고기만이 가능케할 팔딱거림이 존재했다. 참 신비롭다. 그렇게 30초 정도 오이를 씻은 후 반으로 동강내고 양 꼭다리를 잘라낸다. 그 다음엔 사과를 깎듯이 깎는다. 그리고 더하기 모양으로 오이를 가른다. 이제 먹기만 하면 다다. 오이는 그 하나만으로 외따로 먹어도 충분하다. 맛은 그 어디에도 속하지 않을 만큼 독립적이다. 그렇지만 밥과 반찬에 곁들여 먹을 때가 오이는 제맛을 발휘한다. 오이의 맛은 상대적이라기보다 절대적이고, 유(有)보다 무(無)에 해당한다. 아무 맛이나 안 나고 아무 맛도 될 수 없어서 만족스럽다. 모든 맛이 섞여 입 속이 뒤죽박죽 뒤섞여 있을 때 딱! 먹는 오이는 상황을 깔끔하게 종결한다. 오이는 이전까지의 모든 맛을 다 지운다. 오이는 그 소리까지 정갈하고 정중하다. 오독오독, 서걱서걱, 아삭아삭, 오이보다 예쁜 소리를 내는 음식은 없다. 그 소리를 가능케 하는 식감이 몹시 흥미롭다. 사실 오이라는 열매의 생김새가 워

[*]무라카미 하루키(村上春樹). 소설 노르웨이의 숲(ノルウェイの森) 下. 講談社. 2019. 92쪽.

낙 독특하고, 그 소리와 식감은 그 생김새에서 비롯하니 겉껍질부터 한번 언급해보자면, 오돌토돌 돌기가 있지만 따갑지 않으며 그라데이션과 타이다이의 기법이 섞인 듯한 색채는 발랄하면서도 함부로 넘볼 수 없는 운치가 제법이다. 비교적 공평하게 나뉜 듯한 열매살 부분과 씨앗 부분도 예사롭지 않다. 그 연하지만 단단한 열매살 부분이 오이의 소리와 식감의 주인공이다. 반면 씨앗 부분은, 말이 씨앗 부분이지 뭐라 이름 불러야 할지 모르겠는 그 물컹물컹한 부분이 오이의 시원한 맛과 향 그리고 숨겨진 식감의 주인이다. 그 부분이 없다면 오이를 좋아하지 않았을 것 같다고 생각할 정도로 톡톡 터지는 씨앗과 풍부한 수분감이 일품이다. 이토록 복잡다단한 오이는 먹는 이로 하여금 집중시키는 마력이 있고, 온 감각과 본능을 오이를 씹는 데 집중하다 보면 자연 앞 무력감을 감지한다. 오이를 먹으면 다시 시작하는 기분이 든다. 그리고 어김없이 '노르웨이의 숲'의 와타나베가 한 말이 절로 생각난다. "심플하고 신선하면서 생명의 향이 살아 있어요."** 이런! 탄복할 수밖에 없다.

내가 오이를 좋아한 세월이 얼만데 난 무라카미 하루키의 문장으로 오이의 진가를 깨닫게 된 걸까!

'좋아한다'는 개념 자체에 집착했던 거다. 그래서 그로 인한 상처는 자업자득이다. 그저 좋아하는 '방법'에

**무라카미 하루키(村上春樹), 소설 노르웨이의 숲(ノルウェイの森) 下, 講談社, 2019, 92쪽.

대해 강구했더라면, 어쩌면, 많은 것이 바뀌었을 수도 있
겠지.

좋아하는 방법을 몰라서, 그리고 이조차도 몰라서.

난 좋아하기만 했다. 그 끝에서 매번 혼자 지쳐 나가
떨어졌다.

지금은 딱 여기까지만 안다.

퍼러우리한 시간 8시
아몬드 크라와상을 아는 그대에게

아침에 대한 시행착오가 많았다. '아파도 학교 가서 아파야 한다'라는 구시대의 표어에 휘둘린 것처럼 '아침은 꼭 먹어야 한다'는 호랑이 담배 피우던 시절 얘기에 무작정 따랐던 것이다. 아침으로 시도해보지 않은 게 없다. 아침에 이빨을 움직여야 머리가 깨어나서 학교 가서 공부할 수 있다며 아침으로 깍두기를 준다는 누군가의 말에 엄마도 내게 아침으로 밥과 이빨로 충분히 씹어야 하는 반찬을 줬다가 체하기만 했던 기억이 있다. 눌은밥도 실패, 우유에 시리얼, 오렌지주스와 빵, 과일, 토스트처럼 일반적인 아침도 시도했지만 소화가 안 되어도 너무 안 되었다. 밥 한 숟가락, 밥에 김 싸 먹기, 사과와 양배추도 실패였다. 그나마 무난했던 건 그릭 요거트 몇 입인데 소화는 되어도 배부르질 않았다. 가래떡도 괜찮았지만 미리 사서 냉동해두고 바쁜 아침에 구워야 하는 게 여간 번거로운 게 아니었다. 아침으로 뭘 먹어야 할지 생각이 도무지 안 날 즈음, 더러는 아침 좀 잘 먹어 보려다가 기운이 더 빠진다는 걸 깔끔하게 알아차릴 무렵, '아침을 꼭 먹어야 하는 건 아니다. 개개인에 따라 다르다'라는 어느 기사를 보고 아침 챙겨 먹기를 관뒀다. 속이 다 시원했다. 아침 안 먹어도 잘 살 수 있기만 하더라. '아침은 꼭 먹어야 한다'고 최초로 말한 이가 누군진 모르지만 상상 속으로나마 그 사람을 향해 혀를 쏙 내밀고 싶은 심정이다. 하여튼, 아침을 '쿨'하게 건너뛰게 된 이후로 아침으로 고민하는 사람들을 만나면 은근슬쩍 말을 흘리고 있다. "그깟 아침 안 먹어도 문제없어요."

그렇다고 해서 아침에 관해 오직 나쁜 기억만 있지는 않다. 나에게도 아침에 관해 좋은 추억이 있다. 때는 시드니에 머물었을 때, 여섯 살 남자아이와 이제 막 걸어보려는 남자 아기로 인해 아침 8시면 저절로 기상할 수밖에 없던 그때, 씻기고 먹이고 입히는 일련의 일과에 이런저런 보조를 맞추다 보면 8시 이후의 두 시간이 회오리가 친 것처럼 마냥 지나갔다. 아침 일과의 화룡점정으로 형부가 출근하고 동시에 사촌언니가 첫째 아이를 유치원에 데려다 주기 위해 문 밖을 나서면 그제야 집엔 아기가 다시 잠들어 새근거리는 소리 위에 아무 소리도 없었고, 하루가 시작했다는 기분이 비로소 찾아왔다. 아침 일찍 일어나서 굳이 어딜 가지 않아도, 의무로 뭘 하지 않아도 되는 그 야릇한 상황이 어리둥절한 기운에 휩싸여 잠든 아기를 괜히 토닥이며 햇볕에 몽롱히 절어 있었다. 통조림 속 황도가 되어버리기 직전 사촌언니는 카푸치노와 아몬드 크라와상을 두 손에 들고 돌아왔다. 그럼 난 에어프라이기에 아몬드 크라와상을 넣고 카푸치노를 홀짝거렸다. 카푸치노는 첫 맛을 맛보는 순간을 놓쳐선 안된다. 은은한 향과 풍성한 거품, 부드럽게 뒤섞인 우유와 에스프레소를 한번에, 하지만 짧게 들이마신다. 찰나의 음미 후에 에어프라이기에서 "띵!" 소리가 나면 따뜻하면서 바삭거리는 아몬드 크라와상을 지체없이 한입 베어 문다. 그때 그 온기란! 보드라운 빵에 달짝지근한 크림이 혀를 감싸고 아몬드가 함께 기분 좋게 부서지며 어우른다. 다시 카푸치노를 한 모금 마신다. 입 안이 마구 달아지기 전에 쌉싸름한 맛과 향이 더불어 감돈다. 조심스럽게, 또는 시간을 들여가며 아주 느긋하게 아침을 즐긴다. 간간이 언니와 이런저런 대화를 나눈다. 단잠에서 막 깬 아가가 몸을 꼬물꼬물 움직인다. 햇살이 그렇게 눈부실 순 없었다. 느리게 흐르는 아침에 난 내 시간을 찾았다.

그 아침이 완벽했다는 걸, 게다가 다신 같은 아침을 경험할 수 없을 거라는 것도 그 시간이 지나서야 알아차렸다. 그래도 흉내낼 순 있을 거라고 생각해 맛있다는 빵집, 유명한 빵집을 일부러 가거나 들리게 되면 아몬드 크라와상, 하다못해 그냥 크라와상을 사서 먹었지만 그때 그 맛은 영 나질 않았다. 혹은, 이게 카푸치노 탓인가 싶어 멜번에 갔을 때 그간 미룬 회포를 풀겠다고 은근히 벼렸지만 엉뚱하게도 그곳에선 아몬드 크라와상이 잘 보이질 않았다. 그러다가 차원이 다른 크라와상을 만든다는 빵집 겸 카페에 갔지만 허사였다. 맛엔 흠집 잡을 만한 어떤 것도 없었지만 내겐 부족했다. 그때 알았다, 맛에 있어서 맛은 전부가 아니고, 맛을 완성시키는 건 추억이며, 그렇게 한 번 맛이 완성되면 영영 입맛만 다시며 살아야 한다는 것을. 그 맛은 이미 떠났다.

아침을 꼭 먹어야 하는 날이 어쩌다 생긴다. 그럴 땐 조금 너무하다 싶을 정도로 일찍 일어난다. 내가 잘 모르는 클래식 음악을 튼다. 오케스트라까진 좀 벅차고 피아노 연주로만 이뤄진 곡으로 고른다. 머뭇거림 하나 없이 말이다. 물을 끓여 미지근한 물과 섞어 온수로 만든다. 1분 정도 물을 꼴깍꼴깍 마시면서 정신을 차린다. 그 다음, 바나나를 야금야금 먹는다. 적당하게 숙성된 바나나, 그 정도가 딱 좋다. 절반 정도 먹으면 사과 한 조각을 먹는다. 상큼한 맛이 몸에 들어와야 기운이 좀 나는 것 같다. 나는 사과 특유의 사각거림이 좋다. 다시 물 한 모금 마시고, 이젠 자유롭게 남은 바나나와 사과 두 쪽을 같이 먹는다. 맛은 섞이지만 식감이 다채롭다. 자그마한 크랜베리와 잘게 부순 호두를 넣은 그릭 요거트가 있으면 좋겠다고 생각한다. 누근한 아침이다.

　사랑하지 않는다고 해서 좋아하지 않는 건 또 아니니까, 아침이 늘 그랬듯이 여러 번 스치고 나면 또 못 잊을 정도로 사랑할 아침이 오겠지. 그 아침이 궁금하다.

퍼러우리한 시간 7시
달려가는 그대에게

'세바스찬'은 '미아'에게 있어 일깨우는 사람이다.

"당신은 그냥 배우가 아니잖아요. 어렸을 때부터 직접 극본을 쓰고 연기한 배우라면서요."

"본인 방식대로 해요."

"배역을 따내면 당신의 전부를 쏟아 부어야 해."[*]

미아는 그런 세바스찬의 음악을 들으면 늘 그에게 달려갔다.

사람이란 무릇 자기 공간이 있어야 하는 법이다. 그렇다고 해서 주어진 자기 공간이 처음부터 마음에 드는 법은 없다. 단순히 꾸밈만으론 해결되지 않는다. 난 그래서 향을 더했다. 여행의 산물인 향이다. 좋아할 거라고 생각해본 적도 없는 향이었기에 더 좋다 이국적 정취, 정다운 흙내음, 그 속에서 새침하게 피어오르는 상큼함이 조바심 난 마음을 가라앉히고 잊혔던 감각을 깨운다. 이런 향이 나의 공간을 아주 조심스럽고도 은은하게 맴돈다.

[*]감독 데이미언 셔젤(Damien Chazelle). 영화 라라랜드(La La Land). 제작 Summit Entertainment, Marc Platt Productions, Imposter Pictures, Gilbert Films. 2016

들뜨면 이 향을 맡을 수 없다. 차분히 있으면 향이 살금 살금 다가와 살랑인다. 이렇게 향을 낮게 깔고 음악을 살 포시 덮는다. 그러면 잠깐 나갔다 들어와도 마중하고 환영하는 분위기가 여전하다. 내가 '베이비 드라이버'의 '베이비'나 '어벤져스'의 '닥터 스트레인지'는 아니어도 내 플레이리스트, 꽤 괜찮다. 좋은 음악을 많이 아는 사람이 된지는 자신은 없지만, '플레이리스트를 보면 그 사람을 알 수 있다'는 '비긴 어게인' 속 '댄'의 말에 비추어 보면 현재 내 플레이리스트는 꽤 괜찮다. 기분 좋게 맹세할 수 있다. 10년의 시간이 깃든 플레이리스트의 색깔이 어떻게 다채로워질까 유치원 창 너머로 아이를 걱정스럽고도 대견하게 지켜보는 부모처럼 유심히, 약간은 무심하게 관망하고 있다. 최근 들어, 특정 몇몇 가수들에 열중하게 되었고 재즈와 클래식이 플레이리스트를 차지하는 자리가 부쩍 많아져 흥미롭게 관찰하고 있다. 게다가, 알고 보니 비틀즈보다 퀸이 내 취향에 부합한다는 재발견이나 마야 호크라는 가수의 발굴이 흡족하고, 같은 곡이라도 다른 곡으로 부르는 가수들을 찾는 재미도 쏠쏠하다. 그 가운데, 내가 뭘 좋아하게 될지 가능성을 열어 두는 자체가 설렌다. 한편으론 이렇게 플레이리스트 키우기에 열성이면서도, 아예 영화 배경음악이나 주제곡 앨범을 정직하게 재생시켜 놓기에 흠뻑 빠졌다. '위대한 쇼맨', '티파니에서 아침을', '졸업', '미드나잇 인 파리', '콜 미 바이 유어 네임', '결혼 이야기', '팬텀 스레드', '고흐, 영원의 문에서', '비포 선라이즈', '라라랜드', '라이크 크레이지', '오만과 편견'의 음악을 마음에 걸맞춰 고른 다음 나직이 틀어 놓고 잠시 나갔다 들어온다. 그럼 외롭지 않고 고독하다고 생각한다. 그렇게 내 눈엔 책장이 들어온다. 책장엔 나의 책들이 꽂혀 있다. 저기 상처받지 않은 내가 있다. 그리고 오래 전의 꿈도 저기 함께 있다.

'내가 쓴 책도 다른 누군가의 책장에 이렇게 꽂혀 있으면 얼마나 좋을까.'

마음씨 착하고 아량이 넓은 '세라'도 그날만큼은 정도가 지나치다고 생각했다. 하루 종일 아무것도 먹지 못했고(사실 그런 적이 많았지만), 게다가 작고 허름한 옷과 낡아서 구멍 난 신발만으로 추위를 버티며 심부름 갔다 오는 일을 하고 아이들을 가르치기까지 했다. 춥고 배고픔에 서러워도 세라는 상상력을 발휘했지만 교장 선생님은 가혹하게도 그마저도 짓밟았다. 세라는 그럼에도 불구하고 따뜻한 난로와 침대를 상상하며 잠에 들었다. 그리고 문득 평소와 다른 분위기에 잠을 깨니 눈앞엔 자신이 상상하며 바란 따뜻한 난로와 침대, 음식이 나타나 있었다. 세라는 자신에게 마법이 일어났고 자신을 지켜봐주는 친구가 있음에 기뻐했다. 그런 기적 같은 마법, 나도 받아들일 준비가 되어있는데.

　내가 집에 돌아왔을 때 영화가 재생되고 있으면 얼마나 좋을까. 어떤 장면이 나를 반겨줄까. 영화 '라라랜드'의 경우엔 어느 장면이든 상관없다. 그래도 이왕 좋은 우연이 작용될 수 있다면, 내가 집에 들어설 때마다 세바스찬이 피아노로 재즈를 연주하고 있길 바란다. 그럼 그 연주가 하루 바깥에서 수고한 날 위한 보상으로 다가오겠지. '라라랜드' 말고도 배우 티모시 샬라메가 보고 싶다. 티모시 샬라메가 출연한 영화에서 그가 나오는 장면만 편집해서 마치 하나의 단편집처럼 만들면 어떨까. 내가 하루 바깥에서 세상물정으로부터 혹사당하고 집으로 돌아와도, 가 버린 사랑에 예쁘게 눈물 짓는 그의 모습을 보면 입에서 험한 말을 뱉고 싶은 걸 절로 잊고, 살아 움직이는 조각상 감상에 완벽히 탐닉할 것이다. 티모시 샬라메의 '로리'는 '엘리오'와 어딘가 결이 비슷하다 싶다가도 전혀 다른 인물이다. 사랑을 애원하는 그를 영화관에서 보고 숨이 멎는 줄 알았다. 반대로 숨이 다 차올라 집에 도착해서 그 장면을 보면 난 도리어 새 숨을 얻겠지. 티모시 샬라메가 연기한 배역 중 가장 장미다운 존재는, 주저 없이 말하건대, '개츠비'다 그 이름도 어쩜! 그 인물을 보면 안되었지만 도저히 거부해내질 못하고 결국 굴복하고 말았다. 난 마치 금기의 꽃을 꺾은 '벨'이 된 것처럼, 하지만 그와 달리 금기인 걸 알고 눈을 딱 감은 채 장미꽃을 손으로 꺾었다. 훗날 가시에 찔려 손에서 피가 흐르는 걸 감수하게 될지라도, 내 눈에 영원히 담기 위해 저 어여쁜 장미꽃을 꺾은 걸 후회할 일은 영영 없을 거라 장담한다. 그러니까, 티모시 샬라메의 '개츠비'가 비가 주룩주룩 내리는 날 치는 피아노 연주는 영화사에 길이 박제시켜야 할 정도로 아름다웠다는 얘기다. 그 장면을 집에 돌아오자마자 보면 하루 바깥에서 일어난 온갖 잡다한 해프닝도 낭만의 형태로 차갑고도 쓰디쓰게 넘길 수 있을지도 모르겠다. 신이 주신 걸작을 논하자니 톰 히들스턴의 '스콧 피츠제럴드'를 떠올리지 않을 재간이 없다. 실제 스콧 피츠제럴드보다 더 피츠제럴드 같았던 그가 영화 속에서 아내 '젤다'를 안으며 "우리 젤다 예쁘지요?"라고 하는데, 세상에, 피츠제럴드가 부활한 줄 알았다. 그 외에도 괄괄한 성미와 불 같은 심성의 헤밍웨이, 엉뚱하고 사랑스러운 달리, 그 어떤 미사여구도 거추장스러울 뿐인 피카소, 나의 곁에도 있길 바라는 존재인 거트루드 스타인, 정말로 어떤 인간인지 궁금한 젤다가 모인 저 시대 저 파리에 갈 순 없는 걸 아니 영화로라도 좋으니 벽에 걸어 놓고 밤의 파리를 걷고 싶다. 낮의 파리는 영화 '새 구두를 사야 해'와 '비포 선셋'에서 구경하면 된다. 파리 마실이 끝나면 숲과 바다, 다시 파리로 온다고 해도, 자연이 가득한 곳으로 눈길을 넓히고 싶다. 에릭 로메르의 영화가 내겐 적당하다. 장 뤽 고다르의 영화는 너무 서늘했다. 수수께끼 같은 대화들과 서정적인 풍경, 이래나 저래나 가련한 인물들을 연민하지 않는 신을 닮은 음악, 그리고 꽤 단순해 보이지만 고차원적인 어떤 것; 긴장하지 않고 보고, 보고 나면 기분이 얼얼해지는 영화; 물 한 잔을 깔끔하게 마신 듯한 기운을 주는 영화; 유머와 고뇌가 적절히 어우러진 영화; 촌스러움이나 과한 군더더기는 찾아볼 수 없는 세련된 영화; 시를 연모하는 영화; 그런 영화를 찍고 싶다. '졸업'과 '티파니에서 아침을'! 모던하고 스타일리쉬해서 보고 또 봐도 또 보고 싶으면 좋겠다. 그렇지, 쓸쓸함과 낙천성의 멋을 빼놓으면 안 되지. 간결하고 전위적이면서 무심해야 한다, 계산적이지 않고 자연스러워야 함은 물론이고. 정말 아무 고민 안 하고 그런 아름다운 것에만 몰두하면 얼마나 즐거울까! 먼 미래와 꿈, 희망에 빠지면 폭삭 늙어버리지. 이쯤에서, 어차피 '티파니에서 아침을'을 언급했으니 말인데, 무대를 봐야 한다. '티파니에서 아침을'에서 '홀리'가 '문 리버'를 부르는 장면, '셰임'에서 '씨시'가 '뉴욕, 뉴욕'을 부르는 장면, '밤의 해변에서 혼자'에서 '영희'가 이름 없는 노래를 부르는 장면: 어쩌면 저리도 처연한데 오롯할까. '비긴 어게인'의 '그레타'도 참 좋다. 어여쁘기도 하다. 슬픔의 양이 어느 정도 찼으니 기뽐의 양을 그만큼 맞출 차례다. 사랑은 'Happy-Sad'라고 '싱 스트리트'의 '라피나'가 그랬다. '싱 스트리트'는 슬픔으로 기쁨을 노래해서 많고 많은 영화 중 유독 애틋하다. 특히, '훔친 차를 몰듯이 달리라'는 노래의 공연은 보석이다. '코너'는 이 노래를 부르며 현실에선 절대 이뤄질 리 없는 것, 즉 환상을 마음껏 풀어놓는다. 꽉 찬 관객석, 노래에 맞춰 춤을 추는 사람들, 그 가운데 함께 춤을 추며 웃는 엄마와 아빠, 공연에 놀러온 사랑하는 '라피나', 멋지게 나타나 악당을 응징하는 형: 상처와 아픔 하나 없는 반짝반짝 빛나는 축제. 절대 현실이 될 수 없는 것들에 후련하게 노래를 부르는 '코너'의 용기가 언제나 미소를 자아낸다. '코너'는 환상과 꿈을 구별할 줄 알았고 뭐든 주저하는 법이 없어 '라피나'와 뒤도 돌아보지 않고… 아니, 뒤에서 자신을 응원하는 형을 똑바로 인지하고 꿈에 도착할 배에 오른다. 그런 '코너'와 '라피나'를 향해 형은 환호성을 지르며 손을 번쩍 들고 뛰어오른다. 그 형이 없다면 이 영화는 완성되지 않았을 것이다. 그 모두에게 응원가로 '오늘은 틀려도 내일은 맞을 테니 어서 가'라는 노래가 흐른다. 용기를 결심했으면 굳힐 때다. '위대한 쇼맨'을 관람해야 한다는 의미다. '위대한 쇼맨'보다 뛰어난 명작이나 걸작의 뮤지컬 영화는 사실 많지만, 그 어떤 명작이나 걸작도 따라잡을 수 없는 점이 있는데 바로 구가와 만끽이다. 홀대도 모자라 천대까지 받은 사람들이 모여 서로에게 힘을 북돋아주고 자신의 재능을 펼친다. 그래서 모두 몸짓은 우렁차고 목소리는 고무적이다. 그들의 공연을 보고 있자면 분명해지는 것들이 많다. 가장 확실하게는, 상황이 싫은 거지 포기하고 싶지 않다는 것. 결심을 굳혔으면 실행해야 한다. 단연, '월터 미티의 상상은 현실이 된다'가 적격이다. '상상'도 귀엽고 웃음을 자아내지만, 그래도 상상도 못했던 '현실'이 보다 더 뭉클하고 특별하다. 언제든 유독 보고 싶은 장면은 '월터 미티'가 아버지와의 추억이 서린 보드를 타고 비탈길을 짜릿하고 시원스레 미끄러져 내려갈 때다. 순간의 기지나 착한 천성이 아니라 이때만큼은 원래 쭉 그래왔던 것처럼 거침없이 나아가는 보드 위에서 두 팔 벌려 자유를 누린다. 자유는 용기에 따른 보상이 아닌 것이다. 용기라는 행동으로 움직일 때 비로소 공기 속에서 자유를 들이 마실 수 있다. 이와 함께 상기되는 '하늘을 걷는 남자.' 지켜보는 이는 안절부절인데 공중에 발을 딛고 하늘을 향해 마주 누운 '펠리페 페팃'의 표정은 여유만만이다. 무모하지 않으면 꿈이 아니라고 생각한다. 이제 난 괜찮다. 그러니까 내가 어떤 마음으로 집에 돌아와도 이렇게 내가 아끼고 사랑하는 존재들이 날 반기고 있다면, 그곳이 집인 거다.

들여놓고 싶은 가구는 딱히 없다. 샹들리에가 부쩍

끌리지만 천장이 아닌 바닥에 두고 싶다. 가장 화려하고 투명한 걸로 골라야지. 그 다음 구석에 애매하게 밀어 넣을 작정이다. 샹들리에와 대각선 방향에 바실리 의자 같은 모던한 의자 하나를 갖다 놔야겠다. 무게감 있되 우아한 자태 하나만으로 고독은 친구가 되고 외로움은 썩 꺼질 것이다. 벽은 흰색 페인트를 바를까 꽤 고민이 된다. 어쨌든 벽이 흰색이어야 함은 그 어떤 결정보다 단호하다. 바닥은 어찌 될지 잘 모르겠다. 삼각형의 마지막 꼭지점엔 조명을 두면 어떨까. 식물은 내가 챙겨 줄 자신이 없고 장식물은 내키지 않는다. 화려함과 거리가 멀고 단정하고 독창적인 디자인의 조명이면 적당할 성싶은데. 나에게 무슨 일이 생겨도 집안에 멘디니의 조명을 들여놓겠다고 주먹을 불끈 쥐기까지 하며 다짐한 지 오래긴 한데, 그 자리엔 사탕처럼 톡톡 튀는 디자인보다는 진중하고 중후한 멋을 내뿜고 세월과 발 맞출 디자인의 조명이 더 어울리지 않을까? 어렵다. 어떤 조명이 되어야 할지 도무지 감이 잡히지 않는다. 아마 내가 아직 발견하지 못한 거겠지. 그렇다면, 언젠가 발견하겠지. 나의 지향점은 스티브 잡스의 젊은 시절, 급진적으로 미니멀했던 집이다. 아무것도 없는 집안, 극도로 심플한 조명의 빛 아래 가부좌를 틀고 있는 스티브 잡스의 모습은 위풍당당하면서도 아름다웠다. 그게 전부였지만 결코 전부가 아니었다. 텅 빈 상태나 다름없었지만 동시에 무한했다. 집을 채울 수 있는 존재가 굳이 가구일 필요는 없다고 그렇게 사진 한 장으로 배웠다. 그러니 의자와 정면으로 마주보는 흰 벽엔 영화를 재생시켜 놓고 싶다. 텅 비어서 무엇이든 가능하므로, 영화가 날 맞이하도록.

미아가 집에 들어오고, 세바스찬은 피아노를 연주한다. 둘은 함께 노래를 부른다.

퍼러우리한 시간 15시
희망사항이 좀 있는 그대에게

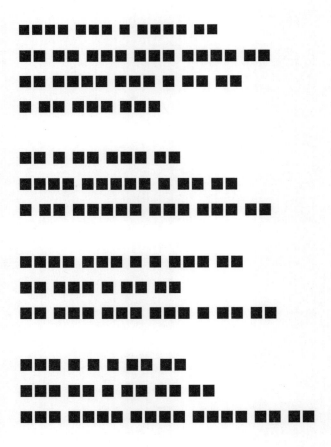

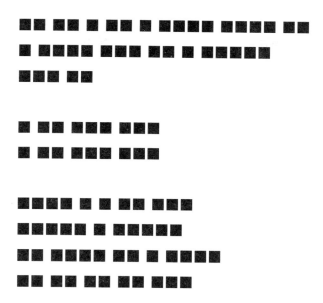

퍼러우리한 시간 10시
노력하고 싶은 그대에게

솔직히 처음에 딱 보았을 때 드는 감상은 실망이었다. 이렇게 수수하다고? 뭐야, 너무 작잖아. 그림들의 크기는 아니, 사실 전시회의 모든 예술품들이 차지하는 자리는 내가 숨쉬고 있는 시대로 가까울수록 커지는데, 이 시대에 100년도 훨씬 더 먼 거리로 떨어져 있는 고흐의 그림은 내가 기대했던 것보다 작아도 너무 작았다. 아마 그 전시회에서 가장 작은 그림이지 않았을까. 이게 전부야? 난 내 눈 앞의 그림 크기를 도저히 믿을 수 없었다.

나는 날 보듯이 고흐를 보았다. 이게 아마 문제가 아니었을까 의심이 간다만 어쨌든 고흐에게서 내가 보였고 그래서 날 보았다. 처음엔 그림이었다. 나는 아직도 고흐의 그 유명한 해바라기 그림을 처음 보았던 순간을 잊지 못한다. 물론 실제로 본 건 아니다. 어느 책에서 보았다. 고흐 그 예의 해바라기 그림을 보았을 때 난 그 속으로 빨려 들어가는 느낌을 받았다. 그 속이란 펄떡펄떡 뛰는 생명의 심장 고동이었다. 참 이상했다. 무섭기도 했다. 해

바라기는 시들어 있었는데 여전히 강인한 생명력을 뽐내고 있다니, 처절한 가운데 절대 동정할 수 없는 무언가가 있었다. 밝음과 노란색도 무거운 분위기를 내포할 수 있음을 확인하고 고정관념을 깨뜨렸다. 클로드 모네와 에드가 드가의 그림을 워낙 좋아했던 터라 고흐의 그림은 나에게 혁명으로 다가왔다. 그런데 고흐를 처음 본 지 얼마 안 되어 그림을 그만둬야 했다. 그림과 관련된 짧은 지식마저도 미술의 중단과 함께 기억의 저편으로 자취를 감췄다. 그리고 솔직히, 어차피 소질도 없었잖아. 그걸로 먹고 살 것도 아니잖아. 나의 열정과 애호는 그런 발언에 움츠러들었다. 꼭 그런 의도로만 그림을 그리고 싶은 건 아니라고 뭐라 대꾸할 여력조차도 없었지만 딱히 뭐라고 반박해야 할지도 몰랐다. 그림 그리는 게 너무 좋고 그리고 싶은데, 결정적으로 뭘 어떻게 그릴지도 몰랐고, 그려야 할 이유도 몰랐던 것이다. 난 기다려야 했다, 그림을 그리게 될 때까지. 그렇다고 가만히 있을 순 없었다. 그림을 못 그리고 있다고 해서 요행을 멍하니 기다리고 싶진 않았다. 그래서 고안한 방도는 공부도, 인터넷 너머로의 관람도 아닌 바로 고흐의 편지를 읽는 것이었다.

모던 아트를 총망라한 그 전시회를 가벼이 산책하듯이 관람하다가 그 끝에 이르러서는 발걸음을 돌려 처음을 향해 옆도 보지 않고 직진했다. 난 그렇게 다시 처음에

섰다. 다시 본 고흐의 그림은 전혀 작지 않았다. 좁았다.

고흐의 편지, 정확히 말해 빈센트가 동생 테오에게 보낸 편지엔 놀랄 만한 지점이 한두 군데가 아니다. 고흐는 오늘날 미디어에 의해 알려진 것처럼 그저 단순히 괴팍하고 우울하거나 혹은 병색이 완연한 것만은 아니다. 그렇게 묘사되기만 하는 건 졸렬하고 부당하다. 테오의 부인이 설명한 고흐의 첫인상은 일반 대중에게 쌓인 고흐에 대한 오해를 단박에 풀기 최적이다. "나는 병든 사내를 예상했다. 그런데 건장하고 가슴이 떡 벌어진 사내가 혈색 좋은 얼굴로 미소를 띤 채 당당한 모습으로 나타났다."* 고흐의 편지를 읽다 보면 고흐는 테오의 부인이 묘사한 그대로 그려진다. 그뿐만 아니라 사랑하는 가족들에게, 특히 테오에게 하염없이 다정한 모습과 동료 화가나 자신에게 우호적이었던 평론가에게 굉장히 정중하게 본인의 열렬한 예술 관념과 탄탄하고 유연한 예술적 지론(持論)을 펼치는 모습까지 '읽으면' 고흐가 보인다.

"나 같은 사람은 정말 병이 나면 안 돼. 내가 예술을 어떻게 보고 있는지 네게 온전히 해명하고 싶거든. 문제의 핵심에 이르자면 오래, 열심히 일해야 해."**

그러한 고흐라서 내가 가장 크게 놀란 지점은 고흐가 처음부터 '고흐'가 아니었다는 점이다. 한 마디로, 고

*빈센트 반 고흐(Vincent van Gogh). *고흐의 편지*(The Letters of Vincent van Gogh) 2. 정진국 옮김. 펭귄클래식 코리아. 2012. 221쪽
**빈센트 반 고흐(Vincent van Gogh). *고흐의 편지*(The Letters of Vincent van Gogh) 1. 정진국 옮김. 펭귄클래식 코리아. 2012. 245쪽(이하 각주는 같은 책에 속하므로 책 이름과 쪽 번호만 기재)

흐가 천재가 아니었다는 얘기다. 고흐의 어린 시절에 대해 알 수 있는 바는 그리 많지 않고, 편지를 통해 알 수 있는 점부터 살펴보면, 그는 어린 나이에 화랑에 취직해 일을 했다. 그로 인해 미술품을 접하거나 관찰하고 미술관을 관람할 기회가 많았던 모양이고 자연스레 그림 그리는 일을 꿈꿀 수 있게 되지 않았나 판단된다. 미술에 대한 애정을 뒤로하고 도중에 신학의 길에 뜻을 두기도 했다. 내가 좋아하는 고흐의 면모 중 하나는 어떤 분야나 부분에서든 늘 자신의 견해를 갖고 그를 풍부한 표현력으로 주장할 줄 알았다는 점인데, 신학에서도 그러하였다. 그러나 깊은 고민 끝에 신학 공부를 그만두고 미술에 평생을 바치기로 다짐한다. 이는, 오늘날 식으로 표현하자면, 미술 전공자가 아닌 사람이 오직 미술에 대한 애정과 본인만이 느꼈을 미술에 대한 사랑으로 평생 예술의 길을 가겠노라 결심하고 스스로 기초부터 시작한 셈이다. 고흐는 테오에게 재정적 지원을 약속받고 이따금 지인인 선배 화가들에게 조언을 얻으며 소묘부터 독학한다. 편지와 함께 실려 있는, 고흐가 초창기에 그린 스케치를 보면 사견이지만 솔직히 떡잎부터 남다르긴 했다는 생각이 자연스레 든다. 역시 재능이란 씨앗이 중요한 건가 좌절하고 싶었다. 한편으론 완벽하지 않은 스케치마저 마음을 움직일 수 있는 이유는 고흐의 평소 행실에 있다고 본다. 나는 그를 수행이라 일컫고 싶다.

어떠한 노력인가 하면, 고흐는 일단 대단한 독서가인 동시에 언어에도 소질이 있었다. 어마어마한 독서량은 차치하더라도, 읽은 책과 작가에 자신만의 감상과 해석이 늘 있었고 드 공쿠르 형제라는 프랑스 문인을 비단 칭송하기 그치지 않고 그에게서 느낀 문학적 감흥을 그림을 그릴 때 이끌어 와서 표현 수단으로 삼을 정도였다. 편지는 모국어인 네덜란드어 외에도 프랑스어, 심지어 영어로도 쓰였을 뿐만 아니라, 외국어인 프랑스어로 동료 화가에게 전혀 무리없이 표현력이 가득한 의견을 표출하고, 프랑스어로 된 시를 섬세하게 이해했다. 게다가, 화랑에서 일하던 시절부터 쌓였을 다양한 작품에 대한 감상을 바탕으로 밀레, 들라크루아, 몽티셀리, 퓌비 드 샤반, 램브란트 등의 화가를 존경하며 그들의 작품을 파악하고 배웠다. 좋아하는 그림을 판화로 간직하고 수집하는 열정도 있었다. 독서와 작품 감상에서 비롯된 그만의 진솔하고 독보적인 표현력과 해석력은 작품 형성에 지대한 기초가 되었다. 그 표현력과 이해력으로 가난하고 평범한 농민들이나 거칠지만 솔직한 자연풍광과 일상적 풍경에서 이야기를 읽고 광채를 발견했다.

"미묘하게 흐린 회색과 따뜻한 흰색이 뒤섞인 커다란 하늘, 그 사이로 부드럽게 어른거리는 단 하나의 작고 파란 반점(부분이 있고). 모래와 바다가 환해서 전체는 황금빛을 띠고 있지만, 투박하고 두드러지게 그린 작은 인물들과 고깃배들이 일정한 계조를 이루는 덕분에 생기가 살아났어."***

"비가 내리던 어느 날 아침에 그곳을 지나가는데 군중이 밖에서 복권을 사려고 기다리고 있더라. 대부분 작은 노파들이고 왜 사는지 어떻게 살아야 하는지 궁금해하지도 않는 사람들이지만, 분명히 살려고 발버둥치고 고생하는 사람들이지. …… 하지만 나는 그 무리와 그들의 기대에 찬 표정에 놀랐어. 그래서 스케치를 하다 보니 처음 보았을 때보다 훨씬 더 크고 깊은 의미가 느껴지더라. …… 음식을 장만하는 데 써야 했을 마지막 한 푼을 털어 산 복권 한 장으로 구원을 얻으려는 가엾고 비참한 사람들의 허망한 노력과 불운을 생각해 보면 말이지."****

난 고흐의 그러한 모습을 보며 다음을 읽었다: 마음으로 배워라. 고흐는 늘 마음으로 풍경과 인물 위의 현상과 내면을 읽고 존중하며 강렬한 색과 한치의 망설임도 없는 붓놀림으로 그렸다. 실제는 아니었으나, 사실이고, 나아가 진실이었다.

"실제 형태를 왜곡하고 재해석하고 변형하면, 그래, 거짓일지 모르지만 실제보다 더 사실적으로 보이지."*****

고흐의 핵심은 재해석이다. 그로써 진실에 다가서기 위해 노력했다. 고흐는 습작에서 유화까지 포함해서 10년

***고흐의 편지 1. 263쪽
****고흐의 편지1. 271쪽
*****고흐의 편지 1. 386쪽

동안 2100여 점의 작품을 남겼다.

다시 본 고흐의 그림은 전혀 작지 않았다. 좁았다. 그리고 깊었다. 고흐 특유의 과감한 붓놀림은 붓의 길인 동시에 고흐가 풍경과 인물을 이해하는 길이었고, 나에겐 고흐를 알아가는 길이었다. 그 깊고 좁은 그림이 작은 이유는 아니, 작을 수밖에 없던 건 고흐가 가난했기 때문이다. 큰 화폭에서 얼마나 그려보고 싶었을까, 본인에게 주어진 캔버스가 얼마나 비좁았을까.

고흐의 편지를 읽으면 두 번 마음이 아프다. 우선 그 열정적인 고흐의 편지의 반은 돈 걱정과 외로움이자 괴로움이기 때문이다. 또한, 작품이 팔리지 않아 테오에게 금전적 지원을 받았고, 그에 대해 늘 미안해했다. 안타깝게도, 고흐의 주변 사람들, 때로는 아버지, 드물게는 테오까지 그가 사랑했던 사람과 소신, 그리고 열의에서 비롯된 행동을 이해하지 못했다. 개인적으로 '이해하지 못했다'는 표현보다 '감당하지 못했다'는 표현이 더 적절하다고 생각한다.

"형식적이고, 광적이며, 위선적인 말로 솜씨 이야기를 지껄이도록 하라지. 진정한 화가는 감정이라는 이름의 의식을 길잡이로 삼으니까. 그들의 혼과 머리가 붓을 위해 있는 것이 아니라 붓이 그들의 머리를 위해 있는 것이지, 화폭이 진정한 화가에게 놀라는 것이 아니라 화가가 화폭에 놀라는 거고."******

고흐는 그저 그림만 그리는 예술가가 아니었다. 고흐는 화랑에서 일했던 시절부터 예술가에게 처해진 부조리한 상황과 사회적 지위에 염증을 느꼈고, 그림을 그리고 나서 지속적으로 예술가 조합을 결성하려 노력했다. 전시회가 있고, 화랑에서 그림을 팔지만 예술가의 가난 탈출구는 부자의 후원과 부유한 아내를 얻는 데 있음을 꼬집으며 화가끼리 조합을 만들어 경제적 독립을 꾀차고자 했다. 그러나 뜻은 이뤄지지 못했고 고흐는 실망을 감추지 못했다. 고흐가 죽은 뒤, 테오는 고흐의 살아생전 못 이룬 뜻을 (형제가 함께 화가로 활동하길 염원했던 숙원의 의미까지 더하여) 이루기 위해 화가들의 연대에 힘썼으나 끝내 탈진했고, 얼마 안 있어 형을 뒤따라갔다.

세상이 미워, 그렇게 야몰찼어야 했어? 난 그 자리에서 주저 앉아 엉엉 울고 싶었다.

"가능한 한 많은 것을 사랑해야 해. 진실한 힘이 거기에서 나오기 때문이야. 사랑이 많은 사람이 더 많은 것을 이루고, 그렇게 이룬 일은 무엇이든 좋은 것이니까. …… 많이 사랑하는 사람은 행복할뿐더러 자신을 굳게 믿는다."*******

맞아요, 사랑은 사랑할 수 없는 것까지 사랑하는 거에요.

****** *고흐의 편지* 1, 398쪽
******* *고흐의 편지* 1, 100쪽

"이제나 저제나 실수할까 겁내서도 안 돼. 많은 이들이 손해를 보지 않기만 해도 좋은 것이라고 생각하지만, 이것은 거짓말이야. 너도 늘 그렇게 말하곤 했잖아. 그런 길로 가면 침체되고 진부해지기나 하지. …… 삶이라는 것 또한 인간을 향해 무한정 공허한 것, 낙담하고 의기소침하게 하는 텅 빈 면을 끝없이 보여 주거든, 그 위에서는 아무것도 나타나지 않고, 빈 화폭뿐이야. 하지만 텅 비고 공허하며 아무리 무기력해 보이더라도 신념과 에너지와 정이 있는 사람, 아는 것이 있는 사람은 그렇게 쉽게 물러서지 않을 거야. 그는 힘차게 싸우고 무엇인가를 하고 삶과 더불어 살아가는 거야."********

고흐, 당신은 사랑해도 너무 사랑했어요. 조금만 덜 사랑하지 그랬어요. 그 사랑이 충분했다는 듯이 왜 그리 일찍 갔어야 했나요.

"인물에서든 풍경에서든 감상이나 우울이 아니라 깊은 고민을 표현하고 싶어. 요컨대 사람들이 내 작품을 보고 이렇게 말했으면 하거든. 이 사람은 깊이 느끼고 있구나, 강렬하게 느끼고 있구나. 거칠다고 하면서도 ─ 이해하겠지?─ 아마도 그 때문에. …… 다른 것은 점점 더 시들해 보이는데, 그럴수록 그림 같은 것에 눈이 번쩍 뜨이더구나. 예술은 사납게 덤벼들듯 해야 하고, 모든 것을 무릅쓰고 꾸준히 관찰해야 해. 덤벼든다는 말은, 우선 줄기차게 작업해야 하지만 이런저런 사람의 말

******** *고흐의 편지 1.* 364쪽

에 흔들리지 않고 자기 견해를 포기하지 않는다는 뜻이야."**********

저 분은 수염이 참 매력적이더라고요. 곱슬곱슬 말려서 귀여우신 걸요. 약간 바란 듯한 탁한 푸른색 우체부 제복이 잘 어울려요. 눈가는 나이를, 눈빛은 친절을, 볼과 입매는 장난기와 자상함을 드러내요. 따스한 녹색 배경은 당신의 그에 대한 신뢰와 애정이군요. 뒤에 내린 꽃이 참 어여쁜데 무슨 꽃인지 알려줄 수 있나요?

"밀레가 한 말을 생각하고 있단다. '고통을 참고 싶지는 않다. 종종 예술가들은 그것으로 가장 힘껏 자신을 표현하니까.' …… '무관심은 내가 좋은 구두나 신사 생활을 바란다면 몹시 고약하겠지만, 나는 나막신을 신고 다니니 그럭저럭 견딜 만합니다.' 결국 그렇게 되었지. 내가 절대로 잊지 않으려는 것은 '나막신을 신고 다니는' 태도야."**********

당신이 그린 것보다 큰 그림은 얼마든지 있었어요. 그런데 다들 그런 건 거들떠도 안 보고 당신의 그림 앞에서만 모여 있었어요. 당신을 이해하려 애쓰고 있었을 거에요. 당신의 꿈은 계속 이뤄지고 있어요. 민중화가가 되고 싶었다면서요. 사람들이 당신의 그림을 사랑하고 있어요.

*********고흐의 편지 1. 246쪽
**********고흐의 편지 1. 369~370쪽

퍼러우리한 시간 4시
말하는 대로, 마음 가는 대로

나 스무 살 적에
하루를 견디고
고단한 잠자리에 누울 때면
(아직 오지도 않은 내일이 벌써 미웠지)
내일도 똑같겠지
내일도 똑같겠지
이미 다 알고 있었지
눈을 감아도 통 잠은 안 오고
가슴은 아프도록 답답할 때
왜 내가 아닐까
난 왜 안 될까
되뇌었지
마음 가는 대로 마음 가는 대로
될 수 있다곤 믿지 않았지 믿을 수 없었지
마음 먹은 대로 마음이 시키는 대로
할 수 있단 건 거짓말 같았지 고개를 저었지

그러던 어느 날 내 마음에 찾아온

작지만 놀라운 깨달음

힘을 빼야 돼

발버둥 치지 않아도 돼

괜찮아

사실은 매번 독하게

악다구니에 힘만 들였던 거야

마음 가는 대로 마음 가는 대로

될 수 있다고 한번 해 본 순간 믿어 보기로 했지

마음 먹은 대로 마음이 시키는 대로

살 수 있단 걸 알게 된 순간 고갤 끄덕였지

마음 가는 대로 생각한 대로 말하는 대로

할 수 있단 걸 알지 못했지

그땐 몰랐지

이젠

올 수도 없고 갈 수도 없는

힘든 나의 젊음 힘들었던 나의 어린 날

멈추면 좀 어때 쓰러질 수도 있지

앞이고 뒤고 내가 가는 길이 다 길이야

어른들이 하는 수많은 이야기

그러나 정말 들어야 하는 건

내 마음 속 작은 속삭임

망설이지 말고
지금 바로 마음 가는 대로

마음 가는 대로 마음 가는 대로
할 수 있다고 될 수 있다고 그대 믿는다면
마음 가는 대로 (내가 하고 싶은 대로)
꿈꾸는 그대로 (그대 꿈꾸는 그대로)

조금 덜 주저하고 조금 더 환히 웃길
마음 가는 대로*

*다음 노래를 참조하여 개사함: 작곡 이적. 작사 이적, 유재석. 노래 *말하는 대로*. 2011

퍼러우리한 시간 3시
신조

1. 그럼에도 하지 말고
그러니까 해라.

2. 기쁜 일에 당연하게 기뻐했듯
아파할 일에도 당연히 아파하라.

3. 남이 나에게 거는 기대에
부응하지 마라.

4. 강해지는 것이 아니라 본디 강함을
깨닫는 것, 그리고 늘 상기시킬 것.

5.오감이 총동원된 경험을
우선으로 두고 판단하라.

6. 노력과 연습, 최선과 정성을

구분하고 항상 최고를 다하라.

7. 벼랑 끝에 선 기분일 때, 나의 시선은
낭떠러지의 반대인 드넓은 땅에
두어라.

8. 힘을 빼.

9. 미워하지 마라.

10. 삶의 속삭임에
귀기울여라.

다른 날, 그대에게

안녕하세요. 잘 지내고 있나요.

힘내라는 말보다는
힘이 되는 말이 듣고 싶고,
밥 먹었냐고 묻고 휙 떠나 버리는 대신
그동안 먹고 싶었는데 못 먹었던 게 있다면
같이 먹자고 손 내밀어 주길 바랬던 때가
꽤 오래 전부터 있었음을
알게 된 지 얼마 되지 않았습니다.
그리고 표현하지 않으면 감당할 수 없었습니다.
이를 글로 쓰고 싶어
편지를 쓴 겁니다.
정확히 편지글을 가리키는 게 아니라
글은 그 형태와 종류를 막론하고
항시 누군가를 향하고 있음을 뜻하고 있다는 것,
잘 알고 있으리라 믿어요.

그 무엇보다도
글을 쓰는 저의 마음이
잘 전달되었겠지요.
그치만
마지막으로 하나만 더.

부디 부단히 행복하세요.
행복하라는 말이 부담이 될까
행복하라고 망설인 적이 태반인 저였지만,
이제는 꼭 말하고 싶어요.
부지런히 행복하세요.
행복할 땐 불행과 상관없이
행복하세요.

그리고 언제나
지금까지 행복하세요.

앞으로 행복하라는 말은
꼭 지금까지는 행복하지 않았다는
부정의 의미로 들리더라구요.
'앞으로'라는 건 희망차기도 하나
기약이 없다고도 볼 수 있을 것 같아요.

그래서, 앞으로 행복하는 게 뭐가 중요하죠.
온다고 약속하지 않았는데.
앞으로 행복하는 것보다는
지금까지 행복했느냐, 이 점이 중요하다고 생각해요.
그리고 그 '지금'을
끝까지 밀고 나가요.
고로, 지금까지의 행복이 쭉 뻗어가길 바랄게요.
행복을 과거도, 미래도 아닌
그저 지금에 맡기세요. 행복을 미루지 말아요.
그렇게 부디 행복하세요.

고마웠고,
고마워요.

항상 건강하세요.

그럼 각자의 자리에서,
덜 주저하고 더 웃길.

p.s. 또 편지해도 될까요?

마음을 담아.
2020.06.26
전해리 드림

끝.

-고마움을 전하며

우선, 무슨 일이 생겨도 포기하지 않은 나 자신에게
정말 고맙다.
고단한 하루를 깨끗하게 정리하고 새벽을 닫는 엄마,
힘겨운 하루를 견디기 위해 새벽을 여는 아빠,
모든 고난을 이겨 내시고도 오늘도 건강하신 할머니,
고맙습니다.
내 걱정은 말아요.
엄마, 아빠, 할머니 그리고
오늘도 바닥과 새벽을 지키는 분들께
이 책을 바칩니다.
마지막으로,
이 책이 나오도록 힘써준 분들과
그 책을 읽은 독자 분들께 고맙습니다.

이 책이 바닥과 새벽을 훤히 비추길!

내가 쓰는 단어 하나, 문장 하나가
독자 당신 마음의 결과 겹이길 바랍니다.

항상 이상하세요!

전해리 드림

바닥을 높이는 연습 To a Higher Level
바닥을 높이는 연습·퍼러우리한 시간, 그대에게 합편
1판 1쇄 발행일: 2023년 9월 13일
ISBN: 979-11-982046-1-5 03810

글쓴이 전해리

리튼앤라이튼(Written&Lighten)은
썬 키쓰 쏘싸이어티의 출판 브랜드(임프린트)입니다.
제 2022-000036호

writtenandlighten.official@gmail.com
https://www.instagram.com/writtenandlighten.official
https://www.sunkisso.com

출판 기획 편집 디자인 마케팅 전해리

표지 종이: 두성종이 문켄폴라 / 본문 종이: 두성종이 아도니스러프
표지 서체: **한국무역협회 전용서체(KITA)**
본문 서체: 코펍월드바탕체·돋움체, Noto Serif, Noto Sans JP
인쇄: 씨에이치 피앤씨

책값은 뒤표지에 있습니다.

Here's to the hearts that break...
Here's to the film messes we make.